Bia

Chantelle Shaw
Tras las puertas del castillo

HARLEQUIN™

DISCARD

10/19   14

Editado por HARLEQUIN IBÉRICA, S.A.
Núñez de Balboa, 56
28001 Madrid   •

I.S.B.N.: 978-84-687-0896-6
Depósito legal: M-32894-2012
Editor responsable: Luis Pugni
Fotomecánica: M.T. Color & Diseño, S.L. Las Rozas (Madrid)
Impresión en Black print CPI (Barcelona)
Fecha impresion para Argentina: 3.6.13
Distribuidor exclusivo para España: LOGISTA
Distribuidor para México: CODIPLYRSA
Distribuidores para Argentina: interior, BERTRAN, S.A.C. Vélez
Sársfield, 1950. Cap. Fed./ Buenos Aires y Gran Buenos Aires,
VACCARO SÁNCHEZ y Cía, S.A.

Capítulo 1

L A CARRETERA reptaba por la ladera como una serpiente negra y resplandeciente a la luz de los faros del coche. Cuanto más alto subían, más parecía llover. Habían salido de Oliena hacía unos quince minutos y Beth, al tomar una curva, vio que las luces del pueblo desaparecían de la vista.

–¿Falta mucho? –le preguntó al taxista.

Ya se había dado cuenta de que no hablaba casi nada de inglés, pero quizá le hubiera entendido porque la miró por encima del hombro.

–Pronto verá el Castello del Falco... Castillo del Halcón –le explicó con un acento muy cerrado.

–Entonces, ¿el señor Piras vive en un castillo auténtico?

Ella había dado por supuesto que la residencia del propietario del Banco Piras-Cossu en Cerdeña sería una villa muy lujosa y que llamarla «castillo» solo era una extravagancia. El taxista no contestó, pero el coche llegó a la cima de otra de las montañas Gennargentu y Beth contuvo al aliento al distinguir una fortaleza gris en la oscuridad. Entre la lluvia, pudo ver que la carretera desaparecía en una entrada cavernosa. Los muros estaban iluminados por faroles que daban una idea del tamaño de la construcción y unas gárgolas surgían entre la sombras como seres fantásticos y premonitorios. Tuvo que regañarse para sus adentros por haberse dejado arrastrar por la fantasía. Sin embargo, a medida que el taxi se acercaba a la entrada del castillo, una inexplicable sensación de aprensión iba adueñándose de ella y estuvo tentada de pedirle al taxista que diera la vuelta y la llevara otra vez al pueblo. Quizá fuese muy fantasiosa, pero tenía la sensación de que su vida cambiaría si entraba en el Castello del Falco. Miró a Sophie y se recordó que había ido a Cerdeña por ella. No podía echarse atrás. Aun así, algo le atenazó el corazón cuando el coche pasó entre las verjas negras. Fue como si hubiese abandonado un mundo conocido y seguro y que se hubiese adentrado en otro desconocido y amenazante.

La fiesta estaba en su apogeo. Cesario Piras, desde el balcón que daba a la sala de baile, observaba a sus invitados que bailaban y bebían champán y por la puerta veía a más invitados alrededor de mesas repletas de comida. Se alegraba de que lo pasaran bien. Sus empleados trabajaban mucho y se merecían su agradecimiento por los servicios que prestaban al Banco Piras-Cossu. Los invitados no sabían que su anfitrión estaba deseando quedarse solo otra vez. Lamentaba no haber dado instrucciones a su secretaria personal para que cambiara la fecha que había elegido para la fiesta. Donata solo llevaba unas semanas trabajando para él y no sabía que el tres de marzo era una fecha que siempre llevaría marcada en el alma. Sin darse cuenta, se pasó los dedos por la cicatriz que le bajaba desde el ojo izquierdo a la comisura de la boca. Era el cuarto aniversario de la muerte de su hijo. El tiempo había pasado y el dolor desgarrador había dejado paso, lentamente, a la resignación. Sin embargo, los aniversarios seguían siendo dolorosos. Había aceptado la fecha de la fiesta con la esperanza de que sus obligaciones como anfitrión conseguirían que pensara en otra cosa, pero Nicolo había estado presente en su cabeza y los recuerdos eran como un puñal clavado en el corazón. Oyó un leve ruido y se dio cuenta de que no estaba solo. Se dio la vuelta y vio a su mayordomo

–¿Qué pasa, Teodoro?

–Una joven ha llegado al castillo y ha preguntado por usted, *signor*.

–¿Una invitada ha llegado tan tarde? –preguntó él mirando el reloj.

–No es una invitada, pero ha insistido en que tiene que hablar con usted.

Teodoro no pudo disimular el fastidio al acordarse de la mujer con un enorme y empapado abrigo gris que había permitido entrar a regañadientes. Estaría mojando la alfombra de seda de la sala, donde la había dejado esperando. Cesario soltó una maldición en voz muy baja. Solo podía ser la periodista que había estado acosándolo para que le concediera una entrevista sobre el accidente que le costó la vida a su esposa y a su hijo. Apretó los dientes. Quizá fuese normal que la prensa estuviera fascinada con el esquivo propietario de uno de los mayores bancos de Italia, pero él no soportaba la intromisión en su vida privada y no hablaba nunca con periodistas.

–La señorita se ha presentado como Beth Granger –añadió Teodoro.

No era el nombre que le había dado la periodista cuando consiguió el número de su móvil privado. Sin embargo, ese nombre le sonaba de algo y se acordó de que su secretaria la había comentado que una mujer inglesa había llamado a la oficina de Roma para hablar con él.

–Dijo que tiene que hablar con usted de algo importante, pero no me ha dado más detalles –le comunicó Donata.

¿Estaría empleando un seudónimo esa periodista o Beth Granger sería una periodista distinta que también quería hurgar en su pasado? No estaba de humor para descubrirlo.

–Dile a la señorita Granger que nunca recibo a visitantes imprevistos en mi residencia privada. Indícale que se ponga en contacto con la sede central de Piras-Cossu y que le explique a mi secretaria el asunto que quiere tratar. Luego, acompáñala a la puerta del castillo.

–La señorita Granger ha llegado en un taxi que ya se ha marchado... y está lloviendo.

Cesario se encogió de hombros con impaciencia. Conocía demasiado bien las tretas de los periodistas como para sentir compasión.

–Entonces, llama a otro taxi. Quiero que se marche inmediatamente.

Teodoro asintió con la cabeza y volvió a bajar por la escalera. Cesario miró a sus invitados en la sala de baile y deseó que la fiesta hubiese terminado, pero todavía tenía que pronunciar un discurso, dar un regalo a un ejecutivo que se jubilaba y entregar el premio al empleado del año. Se recordó que la obligación era más importante que sus sentimientos personales. Era un concepto que había aprendido de su familia y que se había arraigado al ser el señor del Castello del Falco. Sus antepasados construyeron el castillo en el siglo XIII y su historia le corría por las venas. Además, lo ocultaba de la mirada del resto del mundo. La obligación relegó el recuerdo de su hijo al rincón más remoto de su cabeza, tomó una bocanada de aire y bajó para reunirse con sus invitados.

Beth se alegraba de estar dentro del castillo. Tenía el abrigo de lana empapado y se preguntó si podría quitárselo sin molestar a Sophie. Sería imposible sin dejarla antes en el sofá y podría despertarse. La sujetó con un brazo para soltarse el primer botón y, al menos, quitarse la capucha. Sin embargo, desistió después de intentarlo infructuosamente durante unos minutos y pensó que, seguramente, Cesario Piras no tardaría mucho en aparecer. Sintió una punzada de nervios y miró alrededor. La alfombra color jade entonaba con las cortinas de seda que cubrían las ventanas y dos lámparas iluminaban el tapiz que colgaba encima de la chimenea, pero la habitación tenía las paredes de piedra y era tan sombría y amenazante como el castillo visto desde el exterior. Volvió a reprenderse por su imaginación desbordante e intentó serenarse. Sin embargo, miró el bebé que tenía en brazos y rezó para que Cesario Piras fuese más acogedor que su hogar. Entonces, la puerta se abrió y levantó la mirada con el corazón desbocado.

Sin embargo, vio al mayordomo. Teodoro se detuvo con un leve gesto de sorpresa al ver el bebé que tenía en brazos. No se había fijado en él cuando la dejó entrar. No se dio cuenta de que ella lo tapó con el abrigo mientras subía apresuradamente las escaleras que llevaban al castillo. Vaciló, miró unos segundos al bebé dormido y volvió a mirar a Beth.

—Me temo que el señor está ocupado y que no puede recibirla, *signorina*. El señor Piras propone que llame a su oficina de Roma y que hable con su secretaria, quien se ocupa de su agenda.

–He llamado varias veces a su oficina.

Se le cayó el alma a los pies. Había dudado sobre llevar a Sophie a Cerdeña, pero Cesario Piras no había contestado sus llamadas y, desesperada, había decidido que la única alternativa que le quedaba era ir a su casa con la esperanza de que aceptara verla. Había perdido el tiempo, por no decir nada del precio de un vuelo desde Inglaterra que malamente podía permitirse.

–Me gustaría hablar con él de un asunto personal –le explicó ella–. Por favor, ¿le importaría decirle al señor Piras que tengo que verlo urgentemente?

–Lo siento –replicó el mayordomo sin inmutarse–, pero el señor no desea verla.

La mirada suplicante de la joven produjo cierta lástima a Teodoro, pero ni se le ocurriría molestar a Cesario otra vez. La señorita Granger, con la capucha puesta, estaba pálida y tensa, pero no podía ayudarla. El señor del Castello del Falco defendía su intimidad como sus antepasados habían defendido la fortaleza de la montaña y él, Teodoro, no iba a desobedecer una orden para enfurecerlo.

–Llamaré a un taxi para que venga a recogerla. Por favor, quédese aquí hasta que llegue.

–Espere...

Beth se quedó mirando al mayordomo que salía de la habitación y sintió una impotencia desesperante. Se mordió el labio. Pronto tendría que dar el biberón a Sophie, pero tardaría al menos media hora en volver al hotel de Oliena y tendría que dárselo en el taxi, a no ser que consiguiera convencer al mayordomo de que la dejara darle de comer en el castillo.

Salió detrás de él, pero se encontró en el vestíbulo vacío. Se quedó sin saber qué hacer hasta que se abrió una puerta doble y apareció una doncella con una bandeja llena de vasos vacíos. Beth fue a acercarse, pero la doncella desapareció por otra puerta. La puerta doble se quedó abierta y Beth pudo ver a hombres con esmoquin y a mujeres con trajes de noche. Los camareros, con chaquetilla blanca, se movían con soltura entre los invitados y la música se mezclaba con las conversaciones. ¡Era una fiesta! Beth se indignó. Cesario Piras se había negado a verla porque estaba ocupado en una fiesta. Ni siquiera le había dado la oportunidad de explicarle el motivo de su visita. Miró el rostro diminuto de Sophie y se le encogió el corazón. Había prometido a Mel que encontraría a Cesario Piras y no se marcharía del castillo sin haber hablado con él.

Cruzó el vestíbulo, pero vaciló al llegar a la puerta del salón donde se celebraba la fiesta. Las paredes estaban recubiertas de madera oscura que resplandecía a la luz de las arañas que colgaban del techo y unas columnas sujetaban el techo abovedado con refinados murales. Deseó que estuviera vacío para poder apreciar la arquitectura y empaparse de su historia. Su imaginación le permitió ver caballeros con armaduras de una época muy remota. Sin embargo, la habitación estaba llena de personas que la miraban con curiosidad y se separaban en silencio para dejarla avanzar. La música cesó y un hombre subió a un estrado en el extremo opuesto de la habitación. Al parecer, iba a dirigirse a sus invitados, pero se quedó callado al verla y ella pudo captar su sorpresa a pesar de la distancia.

Beth se preguntó cuánta distancia habría. El suelo

de damero blanco y negro parecía interminable y se preguntó si podría llegar hasta el final. El silencio y las miradas la cohibieron y el corazón le retumbaba en el pecho, pero no podía echarse atrás. La arrogancia y autoridad del hombre en el estrado le indicaron con certeza que era el hombre que Mel le había pedido que encontrara.

Cesario miró con incredulidad a la mujer que se acercaba. Al menos, había dado por supuesto que era una mujer porque era muy difícil reconocer a la figura que había debajo del enorme abrigo gris y la capucha. Solo podía ser la joven de la que le había hablado Teodoro. Sin embargo, Teodoro no le había dicho nada del bebé que llevaba en brazos envuelto en un chal. Tomó aliento al recordar a su hijo cuando era así de pequeño. No sabía quién era ella, pero quería que se marchara, quería que se marchara todo el mundo para quedarse con sus recuerdos.

Teodoro, inusitadamente alterado, apareció en el salón de baile y se dirigió hacia el estrado.

–Lo lamento, señor Piras, estaba organizando el transporte de la *signorina*...

–No importa –Cesario levantó una mano–. Yo me ocuparé.

La mujer vaciló un instante cuando habló Teodoro, pero luego aceleró el paso. Cesario bajó del estrado y se puso delante de ella.

–Espero que tenga un buen motivo para irrumpir en mi fiesta, señorita Granger. Tiene treinta segundos para explicarme por qué está aquí. Luego, la expulsarán de mi casa.

Beth abrió la boca para hablar, pero el cerebro había dejado de funcionarle. Sintió alivio cuando el mayordomo confirmó que era Cesario Piras, pero no sabía cómo reaccionar. Era mucho más alto que ella y tenía que levantar la cabeza para mirarlo a la cara. Clavó los ojos en la cicatriz que tenía en la mejilla izquierda. Evidentemente, desfiguraba sus hermosos rasgos, pero no disminuía su magnetismo sexual, al contrario, le daba un aire a pirata o caballero medieval. No era como se había imaginado a un banquero. Tenía el pelo negro y le caía casi hasta los hombros. La incipiente barba negra era peligrosamente sexy y sus pómulos, como la nariz aguileña, le daban un aspecto despótico. Sin embargo, fueron sus ojos lo que captaron toda su atención. Eran grises como la pizarra y duros como el granito y tuvo la sensación de que podían ver dentro de su alma. Estaba esperando que dijera algo. Todo el mundo en la habitación estaba esperándolo y el silencio le pareció estruendoso.

—Lamento mucho mi intromisión, pero tengo que hablar con usted, señor Piras... a solas.

Él frunció el ceño con una expresión tan amenazadora que ella agarró con fuerza a Sophie.

—¿Cómo se atreve a presentarse aquí y alterar mi intimidad?

Hablaba perfectamente en inglés, aunque con mucho acento. Su voz era profunda y ronca y Beth sintió que se le ponía la carne de gallina. La miró detenidamente en silencio. Si hubiese estado sola, no habría tenido reparos en ordenar a sus empleados que la expulsaran del castillo. Si era una periodista, tenía derecho a expulsarla, pero también sentía curiosidad por saber el motivo para que hubiera llevado un bebé en una noche tan desapacible. Lo miró y se le encogió el corazón. También tuvo a su hijo en brazos y se maravilló por la perfección de sus diminutos rasgos. También acunó a Nicolo contra el pecho y le prometió que lo protegería. Haber incumplido esa promesa lo atormentaría el resto de su vida. Oyó una ligera tos y volvió al presente. Miró alrededor. Trescientos empleados de Piras-Cossu estaban invitados a la fiesta y todos parecían fascinados por lo que estaba pasando.

—Acompáñeme —ordenó bruscamente a la joven—. Teodoro, dile al grupo que siga tocando.

Beth lo siguió apresuradamente a través de la habitación y entraron en una especie de pequeña bodega con estantes llenos de botellas de vino y champán. Oyó que se cerraba la puerta, se dio la vuelta y lo miró con cautela. Parecía más alto en un espacio tan pequeño.

—¿Por qué ha venido, señorita Granger? Espero por su bien que no sea periodista.

—No... —Beth, asombrada, sacudió la cabeza—. Yo no soy... Yo...

Había ensayado ese momento cientos de veces en la cabeza, pero las dudas la abrumaban y que Cesario Piras fuese tan imponente no facilitaba las cosas. Quizá debiera volverse a Inglaterra sin decir nada, pero se lo había prometido a Mel. Levantó la mirada y el corazón se le aceleró. Encajaba perfectamente en un castillo medieval. Irradiaba poder y autoridad y tuvo la sensación de que era tan fuerte e inalterable como los muros de ese castillo. ¿Sería un brujo que la había hechizado? No podía dejar de mirarlo y sucedió algo inesperado e inexplicable. Sintió un dolor muy agudo debajo de las costillas, como si una flecha se hubiese clavado en su corazón. No podía ser tan ridícula. ¿Cómo iba a sentir una conexión con un desconocido que la miraba con impaciencia? Desvió la mirada hacia Sophie y tomó aliento.

–He venido porque el bebé que tengo en brazos es suyo, señor Piras.

Capítulo 2

ERA un chiste sin gracia? ¿De qué estaba hablando esa mujer que mantenía el rostro escondido por una capucha?

–Explíquese –le ordenó–. No tengo hijos.

–Sophie es hija suya. Se concibió en esta misma noche de hace un año.

Cesario alargó un brazo y le bajó la capucha arrancándole un botón. No la reconoció. Se había acostado con algunas mujeres desde que enviudó, pero no con ella. La furia se adueñó de él. Sabía que su fortuna podía atraer a mujeres sin escrúpulos, pero eso era absurdo, jamás había visto a Beth Granger. ¿Esperaba convencer a los jueces de que había sido una concepción sin contacto carnal? La miró con atención.

–Creo que se equivoca, señorita Granger –replicó él burlonamente–. Me acordaría perfectamente si hubiese estado en mi cama.

Beth sintió que le abrasaban las mejillas. Lo que había insinuado Cesario Piras era humillantemente claro. Era demasiado poco atractiva para que se hubiese fijado en ella. Solo le interesaban las mujeres impresionantes, como había sido Mel. Mel, rubia y muy guapa, había atraído a los hombres desde el instituto y no le extrañaba que también hubiese atraído a un multimillonario. Beth, a su lado, siempre se había sentido como el patito feo, pero nunca tanto como en ese momento, cuando estaba agotada y llevaba un abrigo que había comprado en una tienda de beneficencia y que le quedaba grande. Al acordarse de las miradas de los invitados, también se acordó de cuando tenía dieciséis años y fue al baile del instituto con un vestido que le prestó la directora del centro de acogida. La señora Clarke le dijo que estaba muy guapa, pero no era verdad. Estaba como lo que era: una niña sin padres ni dinero con un vestido prestado.

Sophie nunca sufriría esa humillación si podía evitarlo. La quería con toda su alma, pero sabía por experiencia lo importante que era el dinero. Quería que Sophie tuviera todo lo que no había tenido ella. Sujetó a la niña con un brazo, metió la otra mano en un bolsillo y sacó una foto.

—Sophie no es hija mía —replicó levantando la barbilla y entregándole la foto—. Esta es su madre, Melanie Stewart. Mel asistió a una fiesta en Londres hace exactamente un año. Fue para celebrar algo relacionado con la absorción de un banco inglés por Piras-Cossu. No sé todos los detalles, pero Mel lo conoció en la fiesta y usted la invitó a su habitación del hotel. Fue una aventura de una noche. Ella ni siquiera supo su nombre, pero se quedó embarazada.

—¡Qué disparate! —exclamó Cesario—. No me gusta perder el tiempo, señorita Granger.

La historia era tan increíble que podía ser cómica, pero no le hizo gracia. Tomó la fotografía y miró a una voluptuosa rubia. No la recordó, pero la verdad era que no recordaba casi nada de aquella fiesta. Tuvo que asistir, pero aquella noche, como esa, solo pensó en su hijo. Hizo un esfuerzo para charlar educadamente durante un par de horas, pero pasó el final de la velada ahogando las penas en el bar. Frunció el ceño cuando unos recuerdos dispersos se abrieron paso en su cabeza. Recordaba vagamente a una rubia en el bar, recordaba nebulosamente haberla invitado a una bebida y haber bailado con ella. Se quedó aterrado. ¿Podía haber algo de verdad en la historia de Beth Granger? ¿Se habría acostado con esa Melanie Stewart y no se acordaba? Estaba tan bebido que habría sido un milagro que hubiese podido rematar y dejarla embarazada. Sin embargo, no podía desechar la posibilidad. Sintió incredulidad y repulsión consigo mismo por haber podido tener relaciones sexuales con la mujer de la fotografía y no acordarse. No vivía como un monje, había tenido aventuras de una noche, pero habían sido intercambios de placer sexual, no un revolcón ebrio que no recordaba y que, según esa mujer, había terminado engendrando a un hijo. La miró. Era una niña que se llamaba Sophie. ¿Era su hija? Sintió un dolor en las entrañas por la añoranza del hijo que había perdido. Beth Granger podía estar mintiendo. ¿Por qué había ido ella con la niña a Cerdeña? ¿Dónde estaba su madre?

La niña se despertó y dejó escapar un lamento.

—Tengo que darle de comer —le explicó Beth con nerviosismo—. Tengo que prepararle la receta.

El sonido del llanto se le clavó en el alma. Recordó el llanto de su hijo cuando llegó al mundo y cerró los ojos con la esperanza de que al abrirlos descubriera que se había imaginado a la mujer y a la niña. Sin embargo, seguía allí y acunaba a la niña en brazos. No podía ser suya, pero tampoco podía despedir a Beth Granger sin escucharla. Sacó el móvil y marcó un número. Casi al instante, llamaron a la puerta y entró el mayordomo.

—Acompaña a la señorita Granger a la biblioteca y consíguele lo que necesite. Yo iré enseguida.

El mayordomo asintió con la cabeza.

–Acompáñeme, por favor, señorita Granger.

Cohibida, volvió por el salón con el mayordomo y suspiró con alivio cuando cerró las puertas detrás de ellos y ya no tenía docenas de miradas clavadas en ella. Le temblaban las piernas e hizo una mueca al darse cuenta de que el encuentro con Cesario Piras la había dejado sin fuerzas. Era muy intimidante... y muy guapo, incluso a pesar de la cicatriz. ¿Qué le habría pasado? Se acordó de su mirada y supo que nunca tendría valor para preguntárselo.

Una vez en la biblioteca, le explicó a Teodoro que el taxista había dejado en el porche el cochecito de Sophie y una bolsa. Él fue a buscarlos y ella tumbó a Sophie en la alfombra, quien le premió con una sonrisa que le derritió el corazón.

–Eres muy guapa –le dijo a la niña con delicadeza.

Sophie se rio y agitó las piernas, pero Beth sabía que las risas se tornarían en llanto si no le daba el biberón. Hacerse cargo de la hija de su mejor amiga había sido un proceso de aprendizaje acelerado, pero nunca se había arrepentido de que Mel la nombrara tutora de su hija. Aunque Mel lo dejó muy claro en su testamento, ella tuvo que pasar por una serie en entrevistas desesperantes de los servicios sociales. Sin embargo, nada de eso le importó porque lo importante era que Sophie no se criara en un centro de acogida para niños, como les había pasado a ella y a su madre.

–Tu mamá quiso que te cuidara y que fuese una madre para ti. Siempre te querré y nunca permitiré que nadie te separe de mí.

Sin embargo, eso no era verdad. También estaba al padre de Sophie. Se le encogió el estómago mientras se quitaba el abrigo. ¿Cuándo aparecería Cesario Piras? No podía olvidarse de cuando la miró sin disimular el desprecio, como si fuese algo repugnante que se había colado en su fiesta. Sabía muy bien que era anodina y no le importaba gran cosa serlo, pero la expresión de Cesario hizo que quisiera ser hermosa y refinada, como las invitadas a su fiesta. Suspiró. No tenía sentido querer ser algo que no sería jamás. Sin embargo, sí podía parecer presentable. Se miró en el espejo que había encima de la chimenea y comprobó que el pelo ya no estaba recogido en el moño que se había hecho, sino que le caía mojado y pegado a la cara. Se quitó las horquillas que le quedaban y se pasó un peine antes de arrodillarse para ocuparse del bebé.

Cesario, con un gesto de tensión evidente, cruzó el vestíbulo para dirigirse a la biblioteca. Había delegado en el director general para que pronunciara el discurso y solo quería llegar al fondo de la historia que le había contado Beth Granger. El estupor inicial había dejado paso al sentido común. Había bastantes fallos en la historia y quería que contestara muchas preguntas antes de dar crédito a ese cuento. Incluso, podría ser una extorsión para intentar sacarle dinero. Ya lo habían intentado antes. Hacía unos años, un joven afirmó ser hijo ilegítimo de Orsino Piras y reclamó parte de la fortuna de los Piras. La prueba de ADN demostró que no lo era, pero él nunca creyó que pudiera ser verdad. Su padre fue un hombre frío y distante y su única amante fue el banco que pertenecía a la familia Piras desde hacía cinco generaciones.

Abrió la puerta de la biblioteca y se quedó vacilante, mirando a la joven que estaba sentada en el sofá y acunaba al bebé en sus brazos. Sin abrigo, Beth

Granger era mucho más delgada de lo que le había parecido. Demasiado delgada para su gusto, se fijó en sus pequeños pechos y en las clavículas que se le notaban al tener desabrochados los dos primeros botones de la blusa. La blusa azul marino y la falda gris parecían compradas en una tienda barata y los zapatos negros y planos estaban muy gastados. Sin embargo, tenía una elegancia serena que le pareció sorprendentemente atractiva. No era hermosa en el sentido convencional, pero el rostro ovalado, la nariz ligeramente chata y la boca carnosa tenían cierto encanto. Además, el pelo era sedoso, castaño con reflejos dorados y le llegaba hasta la mitad de la espalda. Le sorprendió un deseo casi irrefrenable de acariciarle el pelo y sentirlo contra su piel. Desechó inmediatamente esa idea, entró en la habitación y ella lo miró fugaz y nerviosamente. Su mirada se quedó clavada unos segundos en un par de ojos verdes y vivaces antes de que ella volviera a prestar atención al bebé que estaba alimentando con un biberón.

Las imágenes del pasado se adueñaron de él. Recordó cuando estaba con Raffaella y la observaba dándole de comer a Nicolo. El amor por su hijo fue lo único que compartieron, el único lazo entre dos personas que no se casaron por amor. El matrimonio con Raffaella Cossu garantizó la fusión de los bancos Piras y Cossu y lo convirtió en uno de los hombres más poderosos de Italia. Llevado por la ambición, le pareció que un matrimonio por conveniencia era un precio bajo... al menos, eso creyó. Raffaella le gustó más que suficiente y nunca se había planteado enamorarse. La experiencia le había enseñado que el amor era un sentimiento sobrevalorado y que muchas veces resultaba doloroso y decepcionante.

Adoró a su madre, pero cuando él tenía siete años, abandonó a su padre para irse con su amante y nunca volvió a verla o a hablar con ella.

–No lloriquees como un bebé –le dijo su padre al encontrarlo llorando en su cuarto–. No desperdicies las lágrimas por una mujer. Cuando seas mayor comprobarás que hay muchas, sobre todo, para un hombre con fortuna y poder.

El poder era como el Santo Grial. La familia Cossu, como no tenía un hijo varón que heredara el banco, quiso fusionarse con el banco Piras casando a su hija Raffaella con él. Raffaella obedeció o la coaccionaron, eso nunca lo supo, y dieciocho meses después ya le había dado un heredero.

Todo habría ido bien si ella no se hubiese enamorado de otro hombre. La decisión de Raffaella de acabar con el matrimonio y la decisión de él de conservar a su hijo, a quien amaba como nunca creyó que se pudiese amar a alguien, acabó en un enfrentamiento muy doloroso y en un accidente que se cobró las vidas de Raffaella y Nicolo.

Se había convertido en un experto en dejar al margen los recuerdos dolorosos y miró inexpresivamente a la mujer que lo había alterado de esa manera. Sophie había terminado de comer y cuando Beth la sentó en su regazo, la niña la miró con los ojos muy abiertos por la curiosidad. Cesario se dio cuenta de que era preciosa y de que no podía dejar de mirarla.

–¿Cuándo nació? –preguntó bruscamente.

–El veintiocho de octubre.

–Entonces, no puede ser mi hija –replicó él en tono tajante–. Si se hubiese concebido a Sophie el año pasado en esta fecha, habría nacido en diciembre. Seré sincero. No recuerdo haberme acostado con la mujer de la fotografía, pero había bebido mucho y tampoco puedo asegurar que no la invitara a mi habitación. Sin embargo, Melanie Stewart ya tenía que estar embarazada si dio a luz siete meses después. Debería haber contado un poco antes de embarcarse en esta farsa, señorita Granger –añadió Cesario en tono burlón.

–No es ninguna farsa –replicó Beth dolida por el sarcasmo–. Sophie nació casi dos meses antes y por eso es tan pequeña –se sonrojó ante la mirada de incredulidad de Cesario–. Es la verdad. Mel estaba enferma y los médicos tuvieron que sacar a Sophie.

–¿Dónde está Melanie Stewart? ¿Por qué no está ocupándose de su hija? ¿Quién es usted?

–Mel está muerta.

Se le hizo un nudo en la garganta, miró a Sophie y sintió una punzada de dolor por su amiga, que había visto muy pocas veces a su hija antes de morir. Parecía imposible que hubiese muerto. Siempre había sido la fuerte de las dos, la atrevida, la que se metía con ella por ser un ratoncito tímido y la que la defendía de los matones del colegio con su lengua afilada y su genio. Se dio cuenta de que Cesario estaba esperando que siguiera y tomó aliento.

–El año pasado hubo una epidemia de gripe en Inglaterra que fue especialmente grave para las mujeres embarazadas. Mel pensó que solo tenía un resfriado, pero a los dos días estaba en cuidados intensivos. Los médicos decidieron sacar a Sophie para que la madre y la hija tuvieran alguna posibilidad. Sin embargo, Sophie era diminuta y la ingresaron en una unidad de cuidados intensivos para bebés –se atragantó con las lágrimas al acordarse de Sophie en la incubadora–. Mel mejoró un poco e, incluso, pudo tener a Sophie en brazos durante unos minutos. Sin embargo, murió repentinamente al cabo de unos días. El médico dijo que el virus de la gripe le había afectado mucho al corazón –parpadeó para contener las lágrimas y tragó saliva–. Unos días antes, Mel me había dicho que le había reconocido por una foto en un periódico. Yo ya había aceptado ocuparme de Sophie si a ella le pasaba algo. Mel me hizo prometerle que, si moría, intentaría encontrarlo para decirle que tenía una hija.

Cesario se quedó en silencio mientras asimilaba lo que había oído. Ella tenía que saber que era muy fácil comprobar la historia y, por lo tanto, no era probable que estuviera mintiendo. Aun así, eso no demostraba que la niña fuese su hija.

–¿Qué papel tiene usted en todo esto, señorita Granger? ¿Por qué aceptó ocuparse de la hija de la señorita Stewart? ¿Por qué no participa su familia?

–Mel no tenía familia. Sus padres murieron cuando era pequeña y se crió en un centro de acogida, como yo después de que muriera mi madre. Nos conocimos allí y nos hicimos amigas. Cuando Mel supo que estaba embarazada, le prometí que la ayudaría a criar a su bebé. Cuando murió, me enteré de que me había nombrado tutora legal de Sophie.

Cesario se dio la vuelta y apoyó el brazo en la repisa de la chimenea. Debería haber pedido que la encendieran. La habitación podía estar demasiado fría para un bebé. Se acordó de cuando se sentía abrumado por la responsabilidad de cuidar a Nicolo. Parecía tan vulnerable que ordenaba que la chimenea estuviera encendida en todas las habitaciones del castillo.

Nunca se había imaginado que vería otro bebé en el Castello del Falco. Cuatro años antes prometió que no volvería a casarse ni a tener hijos. Nadie podría reemplazar a Nicolo en su corazón. Sin embargo, increíblemente, se encontraba ante la posibilidad de tener una hija que había concebido en un aniversario de la muerte de su hijo. ¿Era una jugada del destino o una farsa de una mujer desconocida? Solo había una manera de saber la verdad.

–Se le hará una prueba de ADN –dijo repentinamente–. Reconozco que estaba bebido aquella noche en Londres, pero me cuesta creer que me acostara con su amiga y no lo recuerde. No obstante –siguió en tono áspero–, acepto la posibilidad y hay que hacer la prueba de paternidad. Hasta que se haya hecho y se sepa el resultado, usted y el bebé se quedarán en el Castello del Falco.

Beth se quedó estupefacta tanto por su arrogancia como por la idea de quedarse en ese castillo lúgubre con su amenazante dueño.

–No hace falta –replicó ella inmediatamente–. Supuse que querría hacer la prueba de ADN y he reservado una habitación en un hotel de Oliena para tres días. Cuando se haya hecho la prueba, volveré con Sophie a Inglaterra y esperaremos el resultado.

No dijo que estaba segura de cuál sería el resultado, que Mel estuvo segura de haberlo reconocido en el periódico. Le dejó una nota en la que decía que tenía que encontrar a Cesario Piras para que ayudara económicamente a Sophie. Debió de haber sabido que no sobreviviría.

–Es más normal que la niña y usted se queden aquí hasta que sepamos si es mía –insistió él.

Cesario miró a la niña y ella giró la cabeza y clavó en él sus enormes ojos oscuros. Fue como una patada en el estómago. Era preciosa, casi tanto como lo fue su hijo.

¿Se parecía a Nicolo o estaba imaginándoselo? ¿Sería su hija? Era tan increíble que no podía asimilarlo, pero supo algo con certeza. Si Sophie era su hija, la cuidaría y protegería, aunque no podía plantearse la posibilidad de que fuera a quererla. La pérdida de Nicolo estuvo a punto de destrozarlo y la idea de amar a otro hijo le despertaba demasiados sentimientos. El más intenso era el miedo. Había aprendido que el amor era un sentimiento agridulce. Sería preferible que no fuese su hija, pero quería que se quedara en el castillo hasta que supiera la verdad. Eso significaba que Beth Granger también tendría que quedarse, por el momento. Aunque no sabía qué hacer con ella. Parecía increíblemente altruista por quedarse con la hija de su amiga, tenía veintipocos años y, a juzgar por su ropa, no tenía mucho dinero. ¿Podía creerse que había aceptado ser la tutora de la hija de otra mujer por bondad?

—Señor Piras, no hace falta que se tome ninguna molestia. Sobre todo, esta noche, cuando está ocupado con sus invitados —replicó Beth con cierta desesperación—. En el hotel me han facilitado una cuna para Sophie y tengo allí mi equipaje.

—Enviaré a un empleado para que traiga sus cosas al castillo —Cesario entrecerró los ojos cuando Beth fue a replicar—. Sigue lloviendo a mares y no creo que le parezca una buena idea sacar a un bebé con este tiempo. Les invito a que se queden como mis huéspedes —Cesario hizo una pausa—. Dadas las circunstancias, creo que deberíamos llamarnos por nuestros nombres de pila.

Beth pensó que era tan intimidante que nunca podría llamarlo por su nombre, pero cayó en la cuenta de algo más importante.

—Pero ¿dónde va a dormir Sophie? Tengo su cochecito, pero no puede dormir ahí toda la noche.

–En el castillo hay un cuarto de niños con todo lo que puedas necesitar.

Hacía mucho tiempo que no entraba en ese cuarto y le costó aceptar la idea de que otro bebé durmiera en la cuna tallada a mano donde durmió Nicolo hasta unos meses antes de que muriera, cuando se pasó a una cama «grande».

–No quiero ser un incordio –farfulló Beth.

Sintió impotencia por no poder dar un argumento mejor y podía oír el viento y la lluvia. Para Sophie sería mejor que se quedaran, pero el enigmático señor del Castello del Falco ejercía un efecto muy raro en ella. Los ojos de ella parecían atraer como un imán a su figura alta e intimidante, sus ceñidos pantalones negros moldeaban sus poderosos muslos y su camisa blanca era de una seda tan fina que podía ver la leve sombra de sus vellos. Levantó la cabeza y se ruborizó al encontrarse con su mirada; la había sorprendido observándolo. Seguramente, estaría acostumbrado a que las mujeres quedaran fascinadas por él. La cicatriz de su mejilla no le restaba belleza. Era una belleza dura, con una sensualidad sombría y soterrada que le despertaba una sensación desconocida en las entrañas, como si anhelara algo que no entendía, pero que ese hombre, con su virilidad tan carnal, podría sofocarla.

¿Qué estaba pasándole? Se preguntó con impaciencia mientras, asombrosamente, se imaginaba a Cesario Piras besándola. No podía evitar imaginarse estrechada contra su amplio pecho. Sabía que era ingenua en el aspecto sexual, pero desde que su padre la abandonó siendo una niña con su madre gravemente enferma, no había podido confiar en ningún hombre. Había salido con algunos, pero nunca pasó de un beso de despedida. Notó instintivamente que Cesario no se conformaría con un par de besos castos. Sería exigente, apasionado y un amante diestro...

Espantada por sus pensamientos, tuvo que romper el silencio que se alargaba.

—La prueba podrá hacerse enseguida y, seguramente, solo tendremos que quedarnos unos días.

—Quiero que os quedéis hasta que se sepa el resultado de la prueba, lo que puede tardar una semana o más. Si se demuestra que Sophie es hija mía, vivirá en el castillo conmigo.

El pánico paralizó a Beth y solo pudo balbucir algo incomprensible.

—¿Dónde iba a vivir si no? —preguntó Cesario sorprendido por su reacción—. Si Sophie es una Piras, el Castello del Falco es su hogar y su legado.

—Pero soy la tutora legal de Sophie. Prometí a Mel que sería una madre para su hija y vivo en Hackney.

Beth estrechó a la niña entre sus brazos como si Cesario pudiera arrebatársela.

—Si soy su padre, no necesitará una tutora —replicó Cesario con los ojos entrecerrados—. Evidentemente, te has tomado muchas molestias para encontrarme y estabas dispuesta a que Sophie se hiciera la prueba de ADN. ¿Qué esperas que haga si se confirma que es mi hija? ¿No creerás que voy a permitir que te la lleves a Inglaterra?

—Yo...

Beth no supo qué responder. Había dado por supuesto que Cesario no querría saber nada de Sophie. Quizá hubiera influido que su padre la hubiese abandonado, pero, aun así, parecía improbable que un hombre que tenía relaciones sexuales esporádicas y sin protección fuese a aceptar la responsabilidad de una hija fruto de una de esas relaciones. Cesario ni siquiera le dijo su nombre a Mel.

–No se me había ocurrido pensar que quisiera tener algo que ver con su hija –reconoció Beth.

–Entonces, ¿por qué hiciste el esfuerzo de buscarme?

La mirada granítica de Cesario era tan inquietante que Beth miró hacia otro lado.

–Esperaba poder convencerlo para que ayudara económicamente a Sophie –contestó ella.

Notó que se ponía roja como un tomate. Su respuesta indicaba mucha sangre fría, pero era sincera por naturaleza y tenía que decir la verdad. Le repugnaba la idea de pedir dinero, pero la cruda realidad era que no podía criar a Sophie con lo que ganaba de limpiadora. Era una niñera titulada, pero cuando la despidieron injustamente de su anterior empleo, perdió la confianza y no buscó otro equivalente. Aunque pudiera encontrar uno mejor, todos los gastos le impedirían ofrecer a Sophie todo lo que quería para ella; clases de música y ballet, ropa nueva, no de segunda mano... Todo lo que ella añoró cuando era pequeña.

La tensión era palpable en la biblioteca. Beth miró nerviosamente a Cesario y comprobó que su mirada ya no era de granito, sino de acero, gélida y con un brillo de desprecio.

–Entonces, ¿quieres dinero?

–Para Sophie –contestó ella dolida por su tono cáustico–. Si se demuestra que es su hija, sería justo que contribuyera a su sustento.

–Y como su tutora legal, diste por supuesto que dispondrías de la asignación que le otorgara –él esbozó una sonrisa–. Ahora entiendo que aceptaras criar a la hija de tu amiga cuando te enteraste de que su padre era un multimillonario.

–¡No tiene nada que ver con eso! –replicó vehementemente Sophie–. Es una insinuación atroz. Quiero a Sophie y quería a Mel. Éramos como hermanas. Pienso cumplir la promesa que le hice de ser la madre de Sophie, pero me parece razonable pedir ayuda económica para que tenga una infancia feliz.

–Si Sophie es mi hija, no le faltará nada –afirmó Cesario con aspereza–, pero tú sobrarás, no necesitarás ser su tutora y podrás volver a Inglaterra.

–¿Qué quiere decir con que sobraré? –preguntó Beth atenazada por el miedo–. He cuidado a Sophie desde que nació. Cuando sea mayor, le hablaré de su verdadera madre, pero ahora soy la única madre que conoce y no voy a renunciar a ella por nada del mundo.

Cesario se quedó casi convencido de que el temblor de su voz era sincero. Casi, pero no del todo. Beth lo había buscado porque quería una asignación económica para la hija de su amiga. Seguía abrumado por la posibilidad de que Sophie fuese su hija, pero, si lo era, tenía una obligación como padre y no aceptaría que no viviese en Cerdeña con él. En cuanto a Beth Granger... La miró y, para su fastidio, sintió una punzada de compasión al ver el brillo de las lágrimas en sus ojos verdes. Se miraron una fracción de segundo antes de que ella bajara la cabeza y su pelo castaño le cayera por las mejillas. Un arrebato de deseo se adueñó de Cesario y lo sorprendió tanto que tuvo que tomar aliento. Por un segundo disparatado, se imaginó inclinándose para besarla y pasarle la lengua por los labios. Efectivamente, ¡era un disparate! Fue hasta la puerta y se dio la vuelta.

–Es prematuro hablar sobre el futuro de la niña hasta que se haya hecho la prueba de ADN. Hasta entonces, espero que te sientas cómoda en el Castello del Falco. Teodoro te acompañará al piso de arriba y se ocupará de que tengas todo lo que necesitas. Si me disculpas, tengo que volver con mis invitados.

Capítulo 3

TENÍA que volver inmediatamente a Oliena, conseguir llegar al aeropuerto y reservar un billete para el próximo vuelo a Inglaterra. Si desaparecía, Cesario no podría encontrarla y sin prueba de paternidad tampoco podría arrebatarle a Sophie. La cabeza le daba vueltas a toda velocidad, pero consiguió sonreír al mayordomo mientras la acompañaba hacia las escaleras.

—Ha habido un cambio de planes. He decidido volver a mi hotel —dijo ella en un tono de falsa despreocupación—. No hace falta que nadie vaya a Oliena a recoger mis cosas. Si no le importa llamarme un taxi, me marcharé mientras el bebé sigue dormido.

—Un empleado ya ha salido hacia su hotel y pronto volverá con su equipaje —replicó Teodoro sin inmutarse—. El señor Piras ha ordenado que se prepare el cuarto del bebé. La acompañaré allí.

Sin decir nada más, el mayordomo se dirigió hacia las escaleras de roble tallado y ella lo siguió. Estaba atrapada. El taxista que la había llevado allí sabía cuatro palabras de inglés y ella no sabía italiano. Aunque encontrara el número de teléfono de una empresa de taxis, no conseguiría entenderse. Sin embargo, la idea de quedarse en el castillo le aterraba. Cuando fue a Cerdeña, ni se le pasó por la cabeza que Cesario pudiese querer a su hija. Quizá se hubiese confundido al suponer que todos los hombres eran como su padre. Sophie era suya, Mel la había nombrado su tutora, pero un tribunal podía decidir que su padre tenía más derecho a criarla que ella. Se detuvo y se agarró a la barandilla. Le flaqueaban las piernas y estaba mareándose. Era la misma sensación que había sufrido cuando había tenido que subir andando los cinco pisos de su bloque porque algún gamberro había estropeado el ascensor. Tomó una bocanada de aire para serenarse. No se podía decidir nada hasta que se supiera el resultado de la prueba de ADN.

El cuarto del bebé estaba al final de un pasillo del segundo piso. Beth había supuesto que sería un cuarto de invitados con una cuna para los visitantes con bebés. Desde luego, no se había esperado lo que vio cuando Teodoro abrió la puerta. Era muy amplio y estaba pintado con un delicado tono amarillento que entonaba con los muebles de roble claro. En el centro había una preciosa cuna antigua y una doncella estaba haciéndola con una ropa de cama de encaje color crema. Se dio la vuelta cuando entró y miró a Sophie con curiosidad. Teodoro le dijo algo en italiano y ella se marchó apresuradamente.

—Carlotta le traerá todo lo que necesite. Tire de este cordón para llamarla.

—Gracias.

Beth se acercó lentamente a un caballo de madera. Había visto cuartos como ese en revistas y todo era de la mejor calidad, pero tuvo la sensación de que habían puesto amor en cada cosa. Miró a Sophie, que estaba dormida en sus brazos, y se sintió dominada por una inesperada paz.

—Es un cuarto precioso —comentó ella en voz baja.

Había algo que la desconcertaba. Quizá fuese imaginación suya, pero sentía una presencia.

–Parece como si un niño hubiese dormido aquí hace poco.

–Era el cuarto del hijo del señor Piras.

–Entonces, ¿el señor Piras está casado? –preguntó ella sin disimular la sorpresa–. ¿Su esposa y su hijo viven en el castillo?

–Ya no –Teodoro inclinó levemente la cabeza–. Si no necesita nada más, me retiraré. Esa puerta comunica con su dormitorio. Le mandaré el equipaje en cuanto haya llegado.

Evidentemente, el mayordomo no quería hablar de la esposa y el hijo de Cesario, pero tenía muchas preguntas que hacer. Era el presidente de uno de los mayores bancos de Italia, pero en Internet solo encontró un párrafo en el que se hablaba de la historia de su familia y de que los bancos Piras y Cossu se fusionaron hacía unos años. No se decía nada sobre la vida personal de Cesario y había sido una sorpresa enterarse de que estaba casado. ¿Dónde estaban su esposa y su hijo? Le dolían los brazos de sujetar a Sophie y como pronto tendría que bañarla y que darle de comer, intentó olvidarse del señor del castillo, la dejó en la cuna y fue a ver el cuarto donde iba a dormir. Era más pequeño, pero igual de bonito. Tenía las paredes pintadas de color claro y las cortinas y la colcha eran verdes. Le encantaría tomar una taza de té y comer algo. No había comido nada desde que salió de Londres esa mañana. No se atrevió a tirar del cordón. Había trabajado de niñera para algunas familias adineradas y, aunque había tenido cierta intimidad con sus empleadores, nunca se había olvidado de que era una empleada y, naturalmente, nunca había tenido una doncella a su servicio.

Se oyó el llanto desolador de un bebé y Cesario se detuvo en lo alto de la escalera. Recordó los primeros meses de vida de Nicolo, cuando Raffaella y él se habían turnado para ir al cuarto de su hijo a intentar calmarlo. Había leído que ser padres por primera vez podía ser motivo de tensión en un matrimonio, pero el nacimiento de su hijo supuso una cercanía inesperada entre Raffaella y él. La adoración por Nicolo creó un lazo entre ellos, pero duró poco y, cuando su hijo cumplió dos años, Raffaella ya tenía una aventura con un artista que habían contratado para que restaurara las pinturas antiguas del castillo.

—No puedes reprocharme que me haya enamorado de otro hombre –le dijo cuando se lo echó en cara–. Nuestro matrimonio fue un contrato empresarial y nunca ha habido amor entre nosotros. Ni siquiera sé si puedes amar algo. Tu corazón es de piedra, como los muros del castillo.

—Amo a mi hijo –replicó Cesario con rabia–. Vete con tu amante si quieres, pero no te llevarás a Nicolo. Nunca renunciaré a él.

No podía soportar la idea de que lo separaran de Nicolo ni de que el niño se criara con un padrastro y por eso acudió a los tribunales para conseguir su custodia. Había accedido a que Raffaella pudiera visitarlo. Se acordaba de la desolación que sintió cuando su madre se marchó y nunca quiso que Nicolo viera a su madre. Sin embargo, había infravalorado la fuerza del amor. Raffaella se había quedado dividida entre su amante y su hijo y se habría llevado a Nicolo del castillo si él no hubiera vuelto un día antes de un viaje de trabajo. La discusión subsiguiente fue atroz; fue una pelea entre dos personas que no se habían amado, pero que amaban a su hijo.

Se arrepentía de haber perdido los nervios, de no haber intentado alcanzar un acuerdo amistoso. El arrepentimiento fue como un veneno abrasador en sus entrañas. Para intentar calmar los ánimos, la dejó a solas para que se despidiera de Nicolo, pero ella lo montó en su coche y se marchó. Todavía soñaba con los chirridos de las ruedas sobre la carretera mojada. Corrió como alma que lleva el diablo, pero fue demasiado tarde.

Volvió al presente con la respiración entrecortada. El llanto era cada vez más fuerte. Otro bebé iba a pasar esa noche en el cuarto, un bebé que, asombrosamente, podía ser suyo. Apretó los dientes y avanzó por el pasillo para descubrir por qué la tutora de Sophie no estaba cuidándola.

–Vamos, cariño...

Beth suspiró mientras la tomaba en brazos. El bebé llevaba una hora llorando y, aunque solía pasar todas las noches a esa hora, se sintió desesperada. Estaba agotada después de haber pasado cinco meses casi sin poder dormir, pero tampoco podía acostarse sin haber serenado a Sophie. Le dio unas palmadas en la espalda y se acercó a la ventana. Ya estaba oscuro, pero hacía poco pudo ver el destello de los faros de los coches que se llevaban a los invitados a la fiesta. Tuvo la tentación de bajar con Sophie y rogar a alguien que las llevara a Oliena. El descubrimiento de que Cesario tenía esposa y un hijo había complicado más la situación. Por una parte, creía que sería mejor para todos que desapareciera y no volviera a saber nada de Cesario Piras. Podría sacar adelante a Sophie. Tendría poco dinero, pero se defendería. Sin embargo, ¿sería justo para Sophie? ¿Qué derecho tenía a impedir que se supiera la verdad? Si Cesario era su padre, sería mejor para Sophie que él participara en su vida.

Los invitados se habían marchado y en el patio solo quedaban las esperpénticas gárgolas. Se estremeció al volver a sentir que estaba atrapada en el castillo de Cesario. No tenía motivos para temerlo, pero tenía grabada en las retinas la imagen de su rostro, con la cicatriz, y el recuerdo de sus ojos grises y graníticos la desasosegaba. Sophie se había tranquilizado un poco cuando la tomó en brazos, pero había vuelto a llorar y no podía apaciguarla. Algunas veces lo conseguía cantándole algo y eso era lo que estaba haciendo cuando oyó una voz en la puerta.

–¿Qué le pasa?

Cesario parecía más alto e imponente allí que en la biblioteca. Beth lo miró y contuvo el aliento con el corazón acelerado. Él captó su reacción y esbozó una sonrisa sombría.

–No es bonita, ¿verdad? –preguntó él acariciándose la cicatriz–. Te pido disculpas si mi aspecto te parece inquietante.

–No... Claro que no.

Ella se sonrojó. Le espantaba que él pensara que había estado mirándolo. Efectivamente, le parecía inquietante, pero no como él insinuaba. No podía evitar que sus ojos se clavaran en su boca y volvió a imaginarse que la besaba con una pasión que había leído en los libros, pero que nunca había conocido.

–No le pasa nada concreto –contestó ella apresuradamente–. Siempre se altera a esta hora de la noche. El pediatra dice que se le pasará. Sin embargo, me espanta verla así –reconoció ella acunándola en los brazos–. Me gustaría poder ayudarla. He intentado de todo, pero esta noche nada da resultado.

No había el más mínimo rastro de impaciencia en la voz de Beth aunque Cesario se había dado cuenta de que estaba muerta de cansancio. Se había quitado la ropa raída y se había puesto una bata igual de raída y de un color indefinido. El cinturón resaltaba su extrema delgadez. No era el tipo de mujer que solía gustarle, pero tenía algo que atraía su mirada. Su cutis no tenía maquillaje y era delicado como una porcelana, sus ojos verdes eran cautivadores, tenía un aire de inocencia intrigante y, aunque le pareció vulgar la primera vez que la vio, en ese momento le parecía que tenía una belleza sin pretensiones que le resultaba arrebatadora. Frunció el ceño por pensar esas cosas y se acercó a Sophie, quien lloraba con todas sus ganas.

–A lo mejor tiene hambre.

–Intenté darle lo que queda de biberón hace un rato, pero lo rechazó. Creo que tiene aires, creo que traga aire al comer –replicó Beth sin poder disimular el cansancio.

–Déjamela.

Beth, asombrada por la petición, la estrechó con más fuerza contra sí. La había cuidado desde que se la llevó a casa seis semanas después del nacimiento prematuro y no quería entregarla a un desconocido. Sin embargo, si se demostraba que Cesario era el padre de Sophie, tendría derecho legal y moral para ayudar a cuidar a su hija.

–Podría alterarse si la sujeta alguien a quien no conoce...

–No creo que vaya alterarse más de lo que está –replicó Cesario con ironía.

Beth dudó un momento, pero le entregó el llorón bebé. Él se arrepintió de habérselo pedido. No sabía si era su hija, ¿por qué iba a meterse? Sin embargo, el llanto le había despertado el instinto de consolarla como consoló una vez a su hijo. El pánico lo dominó. No quería que le recordaran a Nicolo. Era demasiado doloroso, pero Beth lo miraba sin entender por qué no había agarrado a Sophie. Hizo un esfuerzo para alargar los brazos, la tomó y se la llevó al pecho. Era diminuta y no pesaba casi nada. Algo primitivo se desató dentro de él al darse cuenta de lo vulnerable que era. ¿Podía ser su hija? Inclinó la cabeza y apoyó la mejilla en el sedoso pelo oscuro de Sophie. El olor le recordó a Nicolo. Sin embargo, una sensación de paz fue adueñándose de él a medida que la acunaba en los brazos y ella dejaba de llorar. Otro niño no habría podido reemplazar al hijo que había perdido, pero, si Sophie era su hija, quizá la vida cobrara sentido otra vez.

–No llores... –susurró él.

Quizá fuese el tono grave de su voz y la vibración de su pecho al hablar, pero fue dejando de llorar entre hipidos y levantó la cabeza para mirarlo con sus ojazos marrones y lágrimas en las pestañas. Entonces, para pasmo de Cesario, esbozó una sonrisa y él se quedó sin respiración. Era preciosa y tuvo la sensación de que le exprimían el corazón. Al día siguiente, a primera hora, organizaría la prueba de ADN y, si Sophie era su hija, la recibiría con los brazos abiertos en su vida. Beth miraba con incredulidad a Sophie que se agarraba al cuello de Cesario y emitía los ruiditos que siempre hacía antes de quedarse dormida. Era ridículo sentir celos porque Cesario hubiese conseguido lo que no había conseguido ella, pero no pudo disimular el fastidio.

—Debe de tener un toque mágico. Llevo más de una hora intentando que se serene.

—Estaría agotada si se ha pasado tanto tiempo llorando.

Cesario, sin dejar de mirarla, la dejó en la cuna y la arropó con la manta. Beth se quedó impresionada por su delicadeza, pasó los dedos por la madera tallada de la cuna y se acordó de la cuna de segunda mano que le compró a Sophie.

—Gracias por permitir que Sophie duerma aquí. Es una cuna increíble. ¿Es muy antigua?

—La encargó un antepasado mío en el siglo XVII. Según los documentos que hay en la biblioteca, él y su esposa tardaron veinte años en tener un heredero. Me imagino que se alegraron tanto que se la encargaron al mejor artesano de la época.

—El mayordomo me dijo que este era el cuarto de su hijo —Beth notó que Cesario se ponía tenso, pero le pudo la curiosidad—. También me dijo que ya no vive en el castillo.

—No.

Cesario lo dijo tan tajantemente y con tanta desolación en la mirada que Beth se arrepintió de haber hablado. Fuera cual fuese el misterio que rodeaba a su hijo, no era de su incumbencia.

—Nicolo y su madre murieron en un accidente hace cuatro años —siguió él para sorpresa de Beth—. Tenía dos años.

—Lo siento.

Se había quedado estupefacta por la revelación y sus palabras parecían banales e insuficientes, pero no supo qué decir. Todo lo relativo a Cesario Piras era distinto a lo que se había imaginado. Según lo que le había contado Mel, había creído que era un mujeriego que ni siquiera le preguntó su nombre antes de acostarse con ella. Naturalmente, Mel estaba acostumbrada a ese comportamiento de los hombres. Nunca lo había comentado, pero siempre había imaginado que Mel completaba sus ingresos como modelo ofreciendo servicios más íntimos a los hombres que conocía en fiestas. Eso hizo que se mostrara reacia a buscar a Cesario. Estaba convencida que a él no le interesaría un bebé fruto de una relación sexual casi mercantil. Si había ido a Cerdeña, había sido porque se lo prometió a Mel.

Sin embargo, Cesario no actuaba como un playboy sin escrúpulos. Era un viudo que había perdido a su esposa y a su hijo en circunstancias trágicas y, aunque no sabía si Sophie era hija suya, su delicadeza al acunarla en los brazos le había formado un nudo en la garganta y había hecho que añorara que su padre la hubiese querido lo suficiente como para quedarse.

—No puedo imaginarme lo espantoso que tiene que ser perder un hijo. Yo no he engendrado a Sophie, pero la quiero tanto como si fuese mi hija. No podría soportar que le pasase algo. Es lo único que me queda de Mel. Desde los doce años, Mel fue la única persona a la que quise y que me quiso —Beth parpadeó para contener las lágrimas, pero lo miró a los ojos—. ¿Qué pasará si la prueba de ADN dice que es el padre de Sophie? Dijo que querrá que viva aquí, pero yo he sido su madre desde que nació y me necesita. No puede separarme de ella, sería inhumano.

El brillo de sus lágrimas lo desasosegaron. No sabía nada de ella, salvo lo que le había contado, y no tenía motivos para creérselo ni para confiar en ella hasta que recibiera el informe del detective privado al que había llamado hacía una hora para que la investigara. Sin embargo, ese arrebato sentimental le había impresionado.

–No se puede decidir nada hasta que se sepa el resultado de la prueba –replicó él apartándose de la cuna–. Por el momento, propongo que te acuestes. ¿Dormirá Sophie el resto de la noche?

–Seguramente se despierte hacia las tres para comer porque necesita un biberón por la noche. Sin embargo, luego suele dormir durante seis o siete horas. En realidad, su horario de sueño me viene bien en Inglaterra porque empiezo a trabajar a las cinco de la mañana y acabo a las nueve. La dejo con una vecina.

–¿Qué trabajo haces tan temprano? –preguntó él con el ceño fruncido.

–Limpio los despachos de una empresa cerca de donde vivo. El marido de Maureen, mi vecina, es cartero. Está acostumbrada a levantarse temprano, cuando él se marcha, y me cuida a Sophie hasta que vuelvo.

–¿Eres limpiadora?

–No es fácil encontrar un empleo que te permita cuidar a un bebé –contestó ella a la defensiva y algo molesta por su tono–. No tiene nada de malo ser limpiadora. Es un servicio esencial. Usted tendrá docenas de empleados domésticos para que se ocupen del castillo. Las cosas no se hacen por arte de magia...

Cesario arqueó las cejas. El tímido ratoncillo tenía genio. Se había sonrojado antes de quedarse pálida y apretar los labios.

–No quería criticar tu trabajo, solo creo que no es de extrañar que parezcas un espectro si duermes tan poco y, a juzgar por tu aspecto, tampoco tienes tiempo para comer periódicamente.

Beth, al sentirse observada, comprendió que tendría que tirar a la basura su vestido raído. Se miró, vio que lo tenía un poco abierto y se lo cerró apresuradamente, aunque sabía que su cuerpo no era muy excitante. Supuso que a él le gustarían las rubias voluptuosas y que por eso se acostó con Mel hacía un año. Eso, por algún motivo, le produjo una punzada en la boca del estómago. ¿Cómo podía estar celosa de su mejor amiga, que, además, había fallecido? De repente, notó el cansancio y unas ganas enormes de estar sola.

—Sí como —replicó ella en tono cortante—. Soy flaca por naturaleza. Sin embargo, reconozco que estoy muy cansada. Buenas noches, señor Piras.

Él no la habría llamado «flaca». No podía entender por qué su fragilidad y sus rasgos de duendecillo tenían un efecto tan intenso en él, pero le despertaban un deseo sexual tan insistente como inesperado. Fue hasta la puerta enojado consigo mismo.

—Me llamo Cesario —le recordó él—. Buenas noches, Beth. Espero que durmáis bien.

Capítulo 4

BETH comprobó cómo estaba Sophie, se acostó, dejó de pensar en Cesario y se quedó dormida. Un ruido la sacó de un sueño en el que corría por un pasillo lleno de gárgolas que cobraban vida. Se sentó con el pulso acelerado y encendió la lámpara de la mesilla. Eran la dos de la mañana y se preguntó si el ruido habría sido parte del sueño. Sin embargo, volvió a oírlo. Fue estruendoso como un trueno. Pero nunca había oído un trueno tan largo. Era imposible dormirse otra vez con tanto ruido. Otro estrépito pareció que iba a tirar los muros del castillo. Se levantó precipitadamente. Fue a ver a Sophie, pero estaba apaciblemente dormida y decidió que sería más seguro dejarla en la cuna mientras investigaba qué pasaba.

El pasillo estaba iluminado con lámparas de pared que proyectaban sombras sobre retratos con marcos tallados. Supuso que eran antepasados de Cesario, pero se estremeció por las miradas de los hombres y las mujeres. No había señales de vida, como si Cesario y los empleados estuvieran acostados. Sin embargo, un ruido atronador retumbó en todo el castillo. Gritó presa del pánico y una puerta se abrió en el descansillo.

–¿Qué ha pasado? –preguntó una voz muy grave.

Cesario estaba en la puerta, con los amplios hombros a contraluz. Debía de estar en la cama y se había puesto los pantalones al oír el ruido, pero tenía el pecho desnudo y ella, a pesar el pavor, sintió algo distinto por toda la espina dorsal. Era irresistiblemente sexy, con un cuerpo musculoso y fibroso que hacía que le flaquearan las piernas. Su piel parecía de bronce a la luz de la lámpara, su pelo moreno le llegaba hasta los hombros y tenía el pecho cubierto por unos vellos que le bajaban hasta el abdomen.

–¿Te ha pasado algo?

Ella se dio cuenta de que estaba mirándolo fijamente y bajó la cabeza.

–No. Estaba... estaba asustada. ¿Qué es ese ruido?

–No lo sé.

Se acercó a ella y frunció el ceño cuando se oyó otro estruendo atronador.

–Llegué a creer que era la tormenta, pero parece como si estuviera cayéndose la montaña –dijo Beth con voz temblorosa–. ¿Deberíamos salir del castillo?

–No. El Castello del Falco lleva setecientos años aquí y es el sitio más seguro. Aunque es posible que tengas razón. Ha estado lloviendo torrencialmente desde hace unos días.

–Entonces, si parte de la montaña está desmoronándose, el castillo también caerá –Beth tenía el corazón desbocado, pero solo pensaba en una cosa–. Tengo que ir a por Sophie.

Se dio la vuelta para salir corriendo, pero sintió un mareo como el que sintió al subir la escalera. Las paredes del pasillo se cerraban sobre ella y gritó mientras caía hacia delante. Cesario soltó una maldición, se lanzó hacia ella y consiguió sujetarla. La tomó en brazos y la llevó a su dormitorio. No pesaba casi nada. La miró y apretó los labios al ver sus mejillas hundidas y las clavículas muy marcadas. ¿Por qué hacían dieta las mujeres? La delgadez extrema nunca le había parecido atractiva y por eso le sorprendía más su reacción hacia ella. No era su tipo. Entonces, ¿por qué sintió esa oleada abrasadora cuando la tomó en brazos? ¿Por qué el roce de su pelo castaño en el pecho despertaba una palpitación de lujuria primitiva en sus entrañas? Tampoco ayudaba que su camisón fuese tan fino que transparentaba el contorno de su cuerpo. Un tirante se le había bajado y le dejaba ver el arranque de un pecho pequeño y muy blanco. Además, la piel más oscura del pezón era claramente visible a través de la tela.

Las pestañas aletearon un poco antes de abrirse lentamente. Sus enormes ojos verdes se clavaron en él y se sintió abochornado por haberla mirado a sin que ella lo supiera. Se sintió como un mirón, le dejó en la cama y se apartó.

—¡Sophie!

Beth, a pesar del aturdimiento y de la sensación de que iba a vomitar, se aferró a lo único que le importaba. Desorientada, miró alrededor de la enorme habitación desconocida. La cama en la que estaba tumbada tenía cuatro postes tallados y sábanas de seda color vino. Entonces, se acordó de los ruidos y de que Cesario había comentado algo sobre un corrimiento de tierras. Si le pasaba algo a Sophie... Fue a bajarse de la cama, pero una mano la agarró con fuerza.

—Suéltame, quiero volver con Sophie.

—Acabo de ir a verla y está profundamente dormida. Toma, bébete esto.

Le dejó un vaso en la mano y ella, con Cesario mirándola desde encima, tuvo que dar un sorbo del líquido ambarino, pero se atragantó al quemarle en la garganta.

–¿Qué es? –preguntó con voz ronca cuando pudo hablar.

–Brandy –contestó Cesario–. Te has desmayado. Bébetelo, a lo mejor te devuelve algo de color.

Él fue tan tajante que ella no tuvo valor para discutir. Dio otro sorbo y arrugo la nariz.

–Nunca bebo licores.

–Ni comes, a juzgar por tu aspecto. Solo puedo dar por supuesto que eres una de esas mujeres obsesionada con su aspecto y que está dispuesta a hacer dieta hasta que parece un esqueleto.

Su comentario consiguió lo que no había conseguido el brandy y se sonrojó por la ira.

–Sí como. Soy delgada por naturaleza.

La verdad era que comía poco y muchos días solo se hacía una tostada para cuidar a Sophie.

–Entonces, ¿por qué te has desmayado?

–Seguramente esté un poco anémica. Fui al médico hace un par de meses porque me mareaba y el análisis de sangre lo confirmó. Me recetó un suplemento vitamínico y pastillas con hierro.

–¿Lo tomaste?

–Tomé lo que me dio el médico, pero no podía comprar más –reconoció ella sonrojándose–. ¿Por qué te interesa tanto mi salud?

¿Cómo podía explicarle que su fragilidad le despertaba el instinto protector? No podía entender que desencadenara esos arrebatos tan primitivos, como lujuria, desde luego, pero también un deseo inexplicable de cuidarla. Las mujeres que conocía en fiestas o por motivo del trabajo eran capaces de cuidar de sí mismas y no había ningún motivo para pensar que ella fuese distinta.

–Comprenderás que es importante que cuides tu salud por el bien de Sophie. Aseguras que la adoras, pero ¿qué pasará si enfermas gravemente? Si se demuestra que es mi hija, ¿cómo iba a dejar que te la llevaras a Inglaterra si ni siquiera puedes cuidar de ti misma? –la miró con los ojos entrecerrados–. Quizá esperaras sacarme una asignación enorme para que pudieras pagar a alguien que la cuide y no tener que hacerlo tú misma...

–No esperaba nada de alguien capaz de tener relaciones sexuales con una desconocida y sin protección –le interrumpió Beth en tono airado.

Era impropio de ella perder los nervios, pero la arrogancia de Cesario y su insinuación de que utilizaba a Sophie como un medio para hincarle el diente a su fortuna le pareció insoportable.

–Si quieres saber mi opinión, me pareces despreciable. Deberías haber sabido que Mel podía quedarse embarazada y supongo que por eso desapareciste de la habitación del hotel antes de que ella se despertara. No querías responsabilizarte del posible fruto de tu noche de diversión y te largaste sin saber su nombre ni decirle cómo ponerse en contacto contigo si lo necesitaba.

Cesario apretó las mandíbulas, pero no pudo rebatir sus acusaciones por la vergüenza.

–Ye te he explicado que no me acuerdo de aquella noche.

–Eso no justifica lo que hiciste.

–O lo que no hice –replicó él con tensión–. Mientras no conozcamos el resultado de la prueba, solo tenemos la palabra de tu amiga.

–Cuando Mel vio tu foto en el periódico, estuvo completamente segura.

Beth se sintió intimidada por Cesario, que la miraba desde arriba, y se bajó de la cama, pero, aun así, tuvo que levantar la cabeza para mirarlo. Lo miró disimuladamente con los ojos entrecerrados y sintió un cosquilleo el fijarse en su pecho desnudo. Unos segundos antes estaba furiosa con él, pero en ese momento el corazón se le había acelerado por algo muy distinto. Su cuerpo tenía la perfección de una escultura clásica. Nunca había tocado el torso de un hombre y se sintió pasmada por el anhelo que sintió de acariciar los tersos músculos de Cesario y la hilera de pelos que se ocultaba por debajo de la cinturilla del pantalón. Se recordó que era un mujeriego impenitente. Podía estar mintiendo o no acordarse de la noche que pasó con Mel, pero ninguna de las dos posibilidades le merecía respeto. No era el tipo de hombre que se había imaginado que podría atraerla, pero el misterio del deseo sexual parecía no hacer caso de las cosas que había considerado importantes. El respeto y la admiración no contaban nada en comparación con las ganas de que la estrechara contra su pecho desnudo y la besara con voracidad. El silencio era tan intenso que oía todas las bocanadas de aire que tomaba y una parte de su cerebro se había dado cuenta de que ya no había ruidos. Debería volver a su cuarto y dormir un poco antes de que Sophie se despertara para comer, pero parecía atrapada por unos lazos invisibles y no podía dejar de mirarlo a la cara. El corazón le dio un vuelco cuando vio que la miraba con una intensidad que la derritió por dentro. Se miró y se abochornó al darse cuenta de que su camisón estaba tan gastado que era casi transparente. Notó con espanto que los pezones se le habían endurecido y que la fina tela del camisón no los disimulaba. Desconcertada por sentirse delatada bajó la mirada al suelo y esperó su comentario cáustico.

Él resopló como si tampoco hubiera podido respirar. Le tomó la barbilla con la mano para que lo mirara y ella se estremeció al ver su mirada acerada.

—No me habría olvidado si me hubiese acostado contigo —dijo él con voz ronca.

Se sonrojó al recordar que dijo lo mismo cuando habló con ella en el vestíbulo del castillo. La mirada despectiva que le dirigió entonces reveló lo que pensaba de ella.

—Sé muy bien que soy anodina —replicó ella con orgullo herido.

Él dejó escapar una risotada como si le hubiera sorprendido.

—No puedes creer eso —Cesario le acarició el mentón—. Eres hermosa, Beth Granger.

Sus rostros estaban tan cerca que pudo notar el aliento en sus labios. ¿Iba a besarla? Era un brujo y estaba cayendo en su hechizo. ¿Así había seducido a Mel? ¿Le había susurrado con ese acento tan sexy y la había hipnotizado con ese brillo sensual de sus ojos? Afortunadamente, el sonido de su nombre le había devuelto la cordura. No era hermosa. Si lo fuese, la habrían adoptado de niña y no habría estado en un centro de acogida hasta la adolescencia. A Mel la adoptaron varias veces, pero ninguno de sus padres adoptivos pudo aguantar su rebeldía y la devolvieron al centro de acogida a los pocos meses. Sin embargo, ella tuvo la ocasión de pertenecer a una familia. Para ella fue una lección positiva saber que la juzgaban por su aspecto... y que la encontraban deseable.

Ella se hizo adulta creyendo que no era atractiva. Su mayor virtud era el sentido común. Sin embargo, le avergonzaba reconocer que durante unos segundos estremecedores la mirada ávida de Cesario la había engañado. Un playboy tan apuesto como él no iba a fijarse en una limpiadora tan vulgar como ella. Aunque también era posible que no le importara su apariencia, que solo quisiera seducir a cualquier mujer que considerara a su alcance, como hizo con Mel. Sintió náuseas de que creyera que era una mujer fácil, se apartó bruscamente y se cruzó los brazos para ocultar su bochornosa reacción a su virilidad.

–Es imposible que me acueste contigo, así que no tienes que preocuparte por los fallos de tu memoria –replicó ella con una dignidad gélida–. Creo que deberías concentrarte en recordar la noche que pasaste con Mel, cuando tu hija se concibió.

Los ojos de él resplandecieron. Ella supo que lo había enojado y se preparó para su sarcasmo, pero el llanto de un bebé rompió el silencio.

–¿Cómo es posible que oiga a Sophie si está en su cuarto? –preguntó ella con el ceño fruncido.

–He puesto el interfono –Cesario señaló con la cabeza hacia un aparato que había en la pared–. Lo usaba siempre cuando Nicolo... estaba aquí. Sabía que estabas cansada y pensé que, si estabas profundamente dormida, quizá no la oyeses.

–La oigo siempre, no tienes que preocuparte.

Beth miró a Cesario y se mordió el labio inferior. No sabía qué pensar. No había esperado que se preocupara por Sophie, ni encajaba con el hombre que se había imaginado que era. Hacía unas horas ni siquiera sabía que podía tener una hija, pero, en vez de rechazar a Sophie, había dejado muy claro que se haría responsable de ella si era su hija.

Sin embargo, ¿qué pasaría con ella si decidía que quería que Sophie viviera en el castillo? Deseó no haber ido a Cerdeña. Sin embargo, ya era tarde para lamentarse. La prueba de ADN diría la verdad y, si era necesario, lucharía por su derecho a ser la madre de Sophie, como había querido Mel. Otro quejido brotó del interfono y Beth se puso en marcha.

–Tengo que irme.

Salió apresuradamente del cuarto de Cesario y se alegró de escapar de su mirada.

¿Podía saberse qué estaba pasándole? Se preguntó con furia mientras miraba a la puerta después de que ese espectro cubierto con un camisón que no disimulaba su delgadez hubiera salido corriendo. ¿Por qué lo había atraído tanto? No le extrañaba que lo hubiese mirado con tanta cautela. Sin embargo, no tembló de miedo durante esos instantes. Hubo una conexión inexplicable y brutal, una conexión que ella había notado tanto como él. Soltó una obscenidad. Hacía meses que no deseaba a una mujer. Entonces, ¿por qué la abrasaba el cuerpo por una mujer espectral que tenía unos motivos más que dudosos para buscarlo?

A primera hora de la mañana organizaría la prueba de ADN, decidió mientras iba al cuarto de baño contiguo y abría el grifo de agua fría de la ducha. No estaba tan convencido como Beth de que se hubiese acostado con Melanie Stewart, le extrañaba que no se acordase por muy bebido que estuviera. Existían bastantes probabilidades de que Sophie no fuese hija suya y, si era así, se ocuparía de que Beth Granger y su diminuto bebé tomaran el primer vuelo a Inglaterra y él se libraría de esos ojos verdes que lo habían hechizado. Frunció el ceño al acordarse de cómo le contó que trabajaba de limpiadora en el primer turno y que dejaba a Sophie con una vecina. Era evidente que tenía poco dinero. Pensó en el bebé y algo se le revolvió por dentro al acordarse de su sonrisa desdentada. Aunque no fuese su hija, quizá podría ofrecerle algún tipo de asignación económica para que Beth dejara de trabajar y se concentrara en cuidar al bebé. Al fin y al cabo, tenía tanto dinero que no sabía qué hacer con él y la pérdida de Nicolo había hecho que se diese cuenta de que ya no le importaba el dinero y el poder, lo único que le importó una vez. Todo parecía carecer de sentido, hasta su propia vida.

El reloj marcaba las nueve y la luz entraba entre las cortinas. Eso indicaba que era de día, que se había quedado dormida y que no llegaría a su turno de limpieza. Espantada, se destapó y tomó aliento mientras se aclaraba las ideas. Había pasado la noche en el castillo de Cesario Piras y, como no tenía el despertador, había dormido hasta esa hora tan bochornosa.

Sophie se durmió después del biberón de las tres y en ese momento, cuando Beth entró en su cuarto, seguía apaciblemente dormida. Se apartó de la cuna cuando llamaron suavemente a la puerta y una empleada entró con una bandeja.

–Ah, está despierta y la niña sigue dormida, fantástico. Soy cocinera del señor Piras y ama de llaves del castillo. Los demás empleados hacen lo que yo les diga.

A Beth no le extrañó. Filomena era baja y regordeta, pero tenía unos ojos negros que indicaban una personalidad apabullante. Aun así, su sonrisa fue muy cálida al ver a Sophie.

–Angelito... Usted puede comer mientras el bebé duerme –le dijo a Beth mientras dejaba la bandeja en una mesa–. Si se despierta, yo la tomaré en brazos mientras desayuna.

Se le hizo la boca agua por el olor a café y bollos

recién hechos y el cuenco con ciruelas y cerezas era tan apetecible como el plato con yogur. Sin embargo, si Sophie se comportaba como siempre, se pondría a llorar en cuanto empezara a comer.

–Es muy amable, pero tendrá cosas que hacer...

–El señor Piras me ha dicho que tiene que comer y comerá –insistió la cocinera mirándola con seriedad–. Está demasiado delgada. Así nunca encontrará marido.

Beth no le explicó que no quería un marido desde que su padre abandonó a su madre y le pareció más acertado sentarse en una silla y servirse un bollo.

–¿Lo que dice el señor Piras va a misa?

–Naturalmente –contestó Filomena con jovialidad–. Es el señor del Castello del Falco. El jefe.

–Sí, me lo puedo imaginar.

Beth recordó sus facciones y sus ojos graníticos. Era el rey del castillo y el presidente de uno de los bancos más importantes de Italia. Tenía que ser increíblemente poderoso, pero ella había presenciado un lado más delicado cuando acunó a Sophie entre sus brazos y eso la intrigaba. También pensó en esos momentos estremecedores cuando creyó que iba a besarla y, efectivamente, se estremeció. Naturalmente, no había deseado a ese hombre que se acostaba con cualquiera sin importarle las consecuencias. Pero también había ordenado a la cocinera que le llevara el desayuno. Lo habría hecho por ser un buen anfitrión, no por ser amable con ella.

La lluvia torrencial se había convertido en una leve llovizna. Beth había pasado la mañana en el cuarto de Sophie, pero en ese momento, después del almuerzo que tuvo que comerse bajo la atenta mirada de Filomena, unos rayos de sol se habían abierto paso entre las nubes.

–Vamos a dar un paseo –le dijo a Sophie mientras se ponía un vestido pantalón.

En Londres, casi todos los días llevaba a Sophie a dar un paseo. Su apartamento de un dormitorio era una leonera llena de cosas para bebés, pero tenía un parque muy cerca.

Teodoro bajó el cochecito, Beth tapó a Sophie con una manta y fue a dar una vuelta por el patio. El castillo era mucho menos amenazante a la luz del día. Estaba construido cerca de la cima de la montaña y rodeado por otras montañas que se elevaban hasta el cielo. Parecía sacado de un cuento. Hasta las gárgolas parecían más traviesas que despiadadas. Sophie se quedó dormida por el balanceo de la silla y Beth decidió que iba a ver el jardín en terrazas que había detrás del castillo. Había senderos de gravilla flanqueados por setos, fuentes y preciosas estatuas de mármol entre la exuberante vegetación. Sería maravilloso que un niño se criara allí. Se acordó con tristeza de las escaleras llenas de pintadas donde se traficaba con droga y de los bloques de cemento donde vivía ella. Sería mucho mejor que Sophie fuese hija de Cesario y que el castillo fuese su hogar. Sin embargo, ¿dónde viviría ella? ¿Podría encontrar algún trabajo en Oliena para seguir siendo parte de la vida de Sophie? Absorta en sus pensamientos, siguió hasta la parte delantera del castillo y se detuvo al ver que Cesario entraba en el patio montado a caballo. Era una imagen imponente y se le alteró el pulso. Era un caballo enorme y poderoso y él iba vestido con unas botas negras, pantalones vaqueros y un chaleco de cuero sobre una camisa gris oscuro. También llevaba un extraño guante de cuero muy grueso que le llegaba casi hasta el codo. El pelo moreno flotaba al viento y la cicatriz era visible incluso desde esa distancia. Sin embargo, no le restaba ni un ápice de belleza. Tenía algo de indomable que le llegaba muy dentro. Era el hombre de sus fantasías; un pirata, un aventurero, un adversario peligroso y un amante apasionado. No estaba a su alcance, pero eso no impedía que su cuerpo reaccionara a su virilidad. Su mirada se encontró con sus ojos grises y resplandecientes y comprendió que no podía extrañarle que su anémica sangre bullera.

Se acercó a ella sobre su enorme caballo negro justo cuando una sombra sobrevoló la cabeza de Beth, quien se sobresaltó y levantó la mirada para ver un ave de presa que se posaba en el guante de Cesario. Él esbozó una levísima sonrisa al ver su expresión de susto.

—Es Grazia —le explicó él con esa voz que le ponía la carne de gallina—. Puedes sentirte honrada. Normalmente, no viene a mi guante si hay un desconocido cerca.

—Es preciosa. ¿Qué pájaro es?

—Un halcón peregrino. Es el ave de presa más veloz que hay. *Grazia* quiere decir «elegancia» porque, además de veloz y poderosa, es increíblemente elegante en el aire —Cesario se rio en voz baja—. Para ser sincero, es la única mujer que he amado de verdad.

Beth miró el pájaro con un pico y unas garras temibles y se preguntó si lo había dicho en serio.

—Pero... supongo que amarías a tu esposa —comentó ella con la voz titubeante.

—Si la hubiese amado, es posible que mi hijo viviera todavía —replicó él con aspereza.

—¿Qué quieres decir?

—Olvídalo, da igual. Tengo otra noticia mucho más

interesante. Como me imaginé, los ruidos de anoche fueron por un desprendimiento de tierras.

—¿Hay alguien herido? —preguntó ella con preocupación.

—No, no hay casas en esa parte de la montaña, pero la carretera a Oliena está cortada. Nadie puede bajar al pueblo ni subir aquí, ni siquiera el médico que iba a hacer la prueba de ADN.

—¿Qué podemos hacer? —preguntó ella.

—Nada —él se encogió de hombros—. Esperar a que despejen la carretera, y pueden tardar algunos días. He ido a echar una ojeada y llevarán maquinaria pesada para retirar las rocas.

—Pero, si tardarán días en hacer la prueba y luego se tardará más tiempo en recibir el resultado, podría tener que quedarme unas semanas...

El jefe de su empresa de limpieza no le conservaría el trabajo indefinidamente.

—Se me ocurren sitios peores —comentó Cesario mirando alrededor—. Este encierro forzoso nos dará la oportunidad de que nos conozcamos mejor, algo importante si Sophie es mi hija.

Sus palabras despertaron una llama de emoción en Beth, pero la sofocó inmediatamente. El único interés que tenía Cesario en ella era por ser la tutora de Sophie. Sería una necia si seguía fascinada por él. Sin embargo, el pulso se le aceleró cuando sonrió con sensualidad.

—La cena se servirá a las ocho, espero que me acompañes, Beth —murmuró él antes de alejarse.

Capítulo 5

SOLO tenía un vestido y lo había comprado en una tienda de beneficencia, como toda su ropa. Sin embargo, ese era un vestido de noche verde de una marca muy conocida.

—No puedo creerme que no hayas pagado casi nada por él —se quejó Mel cuando lo vio—. ¿Sabes lo que habría costado si fuese nuevo?

Beth, que nunca había estado en una tienda de marca, solo pudo imaginárselo. La alta costura estaba muy lejos de su alcance y se preguntó cómo podría permitírsela Mel.

—Algunos hombres me hacen regalos —le explicó vagamente su amiga—. Las dos sabemos que el mundo es muy cruel y no voy a negarme si un hombre quiere gastarse el dinero conmigo.

Los años de maltrato que sufrió Mel de niña la habían encallecido y solo ella sabía que todavía había una niña asustada en su interior.

—No necesitamos ridículos padres adoptivos —afirmó Mel—. Somos como hermanas y no necesitamos a nadie más.

Su último deseo fue que fuese una madre para su bebé y ella se lo prometió. Si la prueba de ADN demostraba que Cesario era el padre de Sophie, ella haría lo que fuese para tener un papel en su vida. Se le encogió el estómago ante la idea de cenar con él y se acordó de la escena en el patio. A pesar de la cicatriz, era el hombre más sexy que había conocido. Irradiaba poder y cuando le sonrió, sintió como si una flecha le hubiera atravesado el corazón. No podía dejar que la fantasía se le disparara, pero tampoco pudo evitar que la mano le temblara un poco cuando se puso el pintalabios. Se dejó suelto el pelo recién lavado y deseó tener una melena ondulada en vez de ese peinado lacio y sin gracia. La única joya que tenía era un relicario de oro con la foto de su madre. Unas bailarinas que había teñido del mismo tono que el vestido completaron la vestimenta. Se miró al espejo, fue al cuarto de Sophie y sonrió a Carlotta, quien iba a cuidarla. Se cercioró de que la niña estaba dormida y salió al pasillo, donde la esperaba Teodoro. Captó su leve gesto de sorpresa y supuso que se acordaría del abrigo de lana gris que llevaba la noche anterior, cuando llegó al castillo.

El comedor era enorme, con techos muy altos, las paredes recubiertas de madera oscura y una chimenea muy grande de madera tallada. En el suelo de piedra había alfombras que daban color y una mesa de roble ocupaba todo el centro de la habitación. Calculó que treinta personas o más podrían sentarse a ella. Solo había dos sitios preparados en un extremo y Cesario, que estaba mirando por la ventana, se dio la vuelta cuando entró.

La furia por la conversación telefónica que había mantenido durante media hora todavía le bullía por dentro cuando la miró. Para su fastidio, no pudo contener la punzada de deseo y se preguntó cómo pudo considerarla anodina cuando llegó al castillo. Era esbelta como un junco y el vestido verde le resaltaba el color de los ojos. No llevaba maquillaje, solo una leve capa de pintalabios, y volvió a quedarse impresionado por su aire de inocencia. Sin embargo, en ese momento supo que era un espejismo. Por muy sencillo fuese el vestido, se notaba que era de alta costura y caro. O el salario de las limpiadoras era mucho más alto de lo que se había imaginado o lo había conseguido como consiguió los pendientes de diamantes. Apretó los dientes, pero disimuló la furia con una sonrisa que solo habrían reconocido, y temido, quienes lo conocían muy bien.

—Buenas noches, Beth.

La miró y notó que se sonrojaba levemente. Sintió un arrebato de satisfacción porque no podía disimular que la alteraba. Él tampoco pudo impedir que se le acelerara el pulso y tuvo que hacer un esfuerzo para desviar la mirada hacia su mayordomo.

—Eso es todo. Gracias, Teodoro. Por favor, ocúpate de que no nos molesten.

Teodoro se marchó y Beth se sintió aterradoramente sola con Cesario. Se dijo que no podía ser tan necia y se sentó en la silla que él le separó de la mesa. Sin embargo, siempre había sabido captar los ambientes y notó una tensión soterrada en la habitación.

—¿Qué quieres beber? Filomena ha preparado un plato con pollo y pensaba servir un vino blanco, pero hay vino tinto si lo prefieres.

—El blanco está bien, gracias.

No quería pedir una limonada y parecer inexperta y, además, quizá se relajara con una copa de vino. Sonrió tímidamente cuando le dio la copa, pero él entrecerró los ojos con un brillo que ella no supo definir.

—Por las nuevas amistades —brindó él en un tono ligeramente cáustico.

Se sentó enfrente de ella y le indicó una fuente con embutidos, quesos e higos.

—Empieza, por favor, y mientras comemos podrás contarme más cosas de Beth Granger.

A Beth se le hizo un nudo en el estómago por el tono de él y se quedó sin apetito. Hizo un esfuerzo para probar un trozo de jamón y dejó el tenedor.

—¿Qué quieres saber?

—¿Por qué no empezamos con tu profesión?

—No creo que trabajar de limpiadora pueda llamarse una profesión.

—Sin embargo, tengo entendido que eres una niñera titulada y que hasta hace poco trabajaste en una familia de Berkshire.

Se le secó la boca y dio un sorbo de vino con la mano levemente temblorosa.

—¿Cómo lo sabes?

—Te he investigado. ¿Acaso creías que no lo haría? Te has presentado en mi casa con una historia increíble.

—No es increíble. Mel estaba segura de que eres el padre de Sophie.

Era imposible que Cesario supiera lo que pasó cuando trabajaba para los Devington, intentó tranquilizarse Beth. Alicia Devington accedió a que la policía no interviniera a cambio de que ella se marchara inmediatamente de su casa y sin cobrar el mes que le debían. Fue una idea de Hugo Devington, naturalmente. No quería que llamaran a la policía para que no les contara lo que había hecho. Sin embargo, no tenía pruebas y habría sido la palabra de una niñera contra la de un abogado muy respetado. Además, después de haber conseguido que pareciera una ladrona, nadie creería que había intentado agredirla sexualmente. Recordaba la sonrisa arrogante de Hugo Devington mientras sacaba un billete de cinco libras de la cartera y se lo daba para que pagara el taxi a la estación con la misma claridad que recordaba su cara congestionada y su respiración entrecortada mientras introducía la mano sudorosa por debajo de su falda. Ligeramente mareada, hizo un esfuerzo para mirar a Cesario.

–No tengo nada que ocultar.

–¿De verdad? –él la miró como una pantera dispuesta a abalanzarse sobre su presa–. Creía que querrías ocultar que robaste un par de pendientes de diamantes que valían cuarenta mil libras.

–No es verdad –replicó ella inmediata y tajantemente–. Hubo un... incidente, pero la policía no intervino y solo lo supimos los señores Devington y yo. No sé cómo se ha podido enterar tu detective –añadió ella en voz baja.

–Los Devington tienen empleados domésticos y todos saben por qué te marchaste de repente. A la gente le gusta hablar, sobre todo, después de beber un poco. Mi detective se enteró de muchas cosas gracias a la cocinera de los Devington cuando se la encontró en un pub.

–Nora no sabe la verdad de lo que pasó. Nadie lo sabe, excepto el señor Devington y yo.

–¿Estás diciendo que los pendientes de Cartier no desaparecieron del joyero y los encontraron más tarde escondidos en un cajón de tu cuarto? –preguntó Cesario implacablemente.

Beth se quedó pálida. Quiso defenderse, pero se sintió intimidada por la agresión de Cesario. Se acordó de otro incidente que le pasó en el colegio, cuando una de las niñas de su clase dijo que un reloj muy caro le había desaparecido de la taquilla. Stephanie Blake era una de las niñas más guapas y adineradas y nunca contó con ella como amiga. Cuando encontró el reloj en el patio, donde debió de haberlo perdido Stephanie, se lo devolvió inmediatamente, pero la niña, en vez de agradecérselo, la miró con recelo y luego la oyó comentar que quizá se lo hubiese robado.

—Mi padre dice que no puedes fiarte de las niñas en acogida —dijo Stephanie a sus amigas—. Seguramente, Beth iba a vender mi reloj, pero se habrá puesto nerviosa.

Ella tenía catorce años y no tenía tanta confianza en sí misma como para defenderse. En ese momento, miró al rostro autoritario de Cesario y se mordió el labio inferior.

—Juro que yo no me llevé los pendientes. Me quedé atónita cuando los encontraron en mi cuarto, pero... sé quién los dejó allí.

—Entonces, ¿por qué no lo dijiste en su momento?

Ella se arrugó por su tono sarcástico y comprendió que era inútil intentar convencerlo de su inocencia, de que nadie la habría creído. Ella era una niñera y Hugo Devington era un terrateniente con un padre en la Cámara de los Lores. Fue más fácil dejar el empleo que arriesgarse a que la detuvieran por un delito que no podía demostrar que no había cometido.

Cesario la miró por encima de la mesa y comprobó que ella no quería mirarlo a los ojos. Dominado por la furia decidió que era claramente culpable, pero no podía entender por qué los Devington no la acusaron formalmente. Seguramente, habrían querido que se marchara de su casa y se alejara de sus hijos lo antes posible.

Ella lo miró fugazmente y él, para su desesperación, sintió una punzada en las entrañas al captar la súplica en sus ojos. ¿Cómo podía sentir lástima por ella? Su vulnerabilidad era falsa y, probablemente, se habría inventado la historia de que era padre de la hija de su amiga para sacarle dinero.

–Voy a darte una última oportunidad para que me digas por qué has venido aquí. No creo que la niña sea mi hija, pero, si lo es por algún milagro, no permitiré que tengas nada que ver con ella. ¿Dices que necesita una madre? Me parece que con tu ética no eres el modelo ideal.

Beth se sintió tan humillada como siempre, como cuando la acusaron de robar el reloj y en el colegio decían que no era digna de confianza por ser una niña en acogida. Nada había cambiado. Cesario se había erigido en juez y nunca creería su versión de la historia.

–Mi ética es intachable –Beth se levantó con rabia–. No soy una ladrona ni nunca he tocado los pendientes de Alicia Devington. No creo que un mujeriego impenitente que se acuesta con cualquiera vaya a ser el modelo ideal para Sophie. Has reconocido que aquella noche estabas demasiado borracho, ¿por qué no damos por supuesto que no te acostaste con Mel y nos olvidamos de la prueba de ADN? Me iré a Inglaterra con Sophie y podrás olvidarte de las dos.

–¿Quieres decir que estás dispuesta a criarla sin ayuda económica?

–Solo quería un poco de dinero para darle lo que yo no tuve de niña; ropa bonita, tardes en el cine, alguna semana de vacaciones en la costa... Sin embargo, los bienes materiales no me importan. Yo quiero a Sophie y para un niño lo más importante es saber que lo quieren.

Era muy convincente, ¿la habría juzgado mal? ¿Sería falsa la historia del robo?

–Tenemos que seguir adelante con la prueba por el

bien de Sophie. Su madre biológica está muerta y tiene derecho a saber quién es su padre por mucho que la quieras.

Él resopló y se calmó al pensar que el detective podía haberse equivocado. Había sido injusto al reaccionar de aquella manera sin comprobar la información que le habían dado. Sin embargo, le molestaba la atracción que sentía hacia Beth, no le gustaba cómo se sentía y se había aferrado a un motivo para pensar mal de ella.

–Siéntate –le ordenó mientras se servía una copa de vino y daba un sorbo–. Llamaré a Teodoro para que nos sirva el plato principal.

A Beth le pareció que su arrogancia era insoportable. Casi nunca perdía los nervios, pero estaba tan dolida y furiosa que quiso arrojarle algo para borrarle esa expresión de la cara.

–¿De verdad crees que voy a seguir con la cena después de esas espantosas acusaciones y de haberme amenazado con arrebatarme a Sophie? ¿Crees que no tengo sentimientos? ¿Crees que soy inferior y no me merezco respeto porque no tengo dinero ni familia? –lo miró con lágrimas en los ojos–. No quiero cenar contigo. No eres una compañía agradable y me atragantaría.

Beth se dio media vuelta y salió apresuradamente del comedor.

–Por fin ha dejado de llover –comentó Beth mientras miraba el cielo, que amenazaba más lluvia–. No sabía que llovía tanto en Cerdeña.

Filomena había llevado la comida al cuarto de Sophie y estaba retirando los platos casi intactos.

–¿No le gusta mi pasta con una salsa de tomate especial? –le preguntó la cocinera.

–Está muy buena, pero no tengo apetito.

Filomena la miró con los ojos entrecerrados, pero no dijo nada.

–Algunos años tenemos primaveras húmedas, pero dentro de unos días el sol será demasiado fuerte para su piel tan clara.

¿Seguiría entonces en Cerdeña? ¿Sabría el resultado de la prueba de ADN? Si Cesario era el padre de Beth, ¿estaría enzarzada en una pelea por tener un papel en su vida? Se quedó tan preocupada después del enfrentamiento de la noche anterior que no había dormido casi. Quizá Sophie hubiera captado su tensión y por eso había estado llorando durante casi una hora, aunque en ese momento dormía apaciblemente.

–Déjela conmigo –le propuso Filomena–. Vaya a dar un paseo por el jardín.

–No quiero dejarla. A lo mejor se despierta y me necesita.

–Puedo ocuparme de ella. ¿Cree que no sé nada de bebés? He criado a seis hijos.

Le vendría bien tomar aire fresco. Quizá se le pasara el dolor de cabeza.

–De acuerdo –concedió Beth con una sonrisa–. Me iré unos veinte minutos.

Cuando salió, se dio cuenta de que hacía demasiado calor para llevar abrigo. Un sol tenue brillaba entre las nubes, aunque muchas de las montañas seguían cubiertas por la niebla. Cruzó el patio y se dirigió hacia la puerta del recinto. Quería alejarse de los muros grises y opresivos. Tomó un sendero que al principio descendía abruptamente, pero que llevaba a unos prados llanos, rebosantes de flores silvestres y rodeados de densos bosques. Era agradable olvidarse de las preocupaciones durante un rato y disfrutar del campo. Esas montañas parecían un mundo al margen de Londres y perdió la noción del tiempo mientras paseaba. Hasta que oyó un extraño sonido. Parecía llegar del bosque y era un aullido lúgubre que le heló la sangre. Miró alrededor con miedo y se preguntó si habría lobos en Cerdeña. Volvió a oír el aullido. Pensó que podía ser el llanto de un niño, se olvidó del miedo y corrió hacia los pinos, pero se paró en seco por lo que vio y, espantada, se arrodilló al lado de un perro tumbado en el suelo y con una pata atenazada por una trampa. Comprendió inmediatamente que no podría soltarlo y el corazón se le encogió cuando el perro la miró con unos ojos marrones y rebosantes de dolor. Sin importarle que pudiera ser peligroso, lo acarició con delicadeza y él le lamió la mano.

—Iré a buscar ayuda.

—¿Dices que Beth se marchó hace una hora? —preguntó Cesario a Filomena por encima de los llantos del bebé.

—Dijo que iba a dar un paseo por el jardín, pero mandé un empleado a buscarla y dice que no la ha visto —Filomena sacudió la cabeza mientras intentaba inútilmente que Sophie bebiera el biberón—. No entiendo qué ha pasado, la señorita Beth nunca abandonaría tanto tiempo a la niña.

Cesario miró a la inconsolable niña en brazos de la cocinera y sintió una punzada de lástima.

—Déjame que la tome en brazos.

Sophie era tan pequeña y vulnerable que, instintivamente, la estrechó contra el pecho y le habló con delicadeza.

–Ya, *piccola*. No llores. Tienes hambre, ¿verdad?

Los gritos de Sophie fueron apagándose poco a poco y lo miró con unos ojos confiados.

–Siempre fue capaz de consolar a su hijo –murmuró Filomena mientras le daba el biberón.

Una oleada de dolor se adueñó de Cesario por el recuerdo de Nicolo. Por un momento, quiso devolverle a Beth y marcharse de ese cuarto con tantos recuerdos de su hijo, pero le ofreció el biberón a Sophie, ella lo tomó y empezó a succionar. Era preciosa. Seguía pareciéndole increíble que fuese su hija, pero, si la prueba de ADN demostraba que lo era, no le costaría quererla. Eso hizo que se acordara de la tutora de Sophie y frunció el ceño al mirar por la ventana y comprobar que estaba lloviendo otra vez. Cuando Sophie terminó el biberón, se la devolvió a Filomena y se dirigió a Carlotta.

–Dile al mozo de cuadras que ensille mi caballo. Iré a buscar a la señorita Granger.

Beth corrió desesperadamente por el prado para encontrar ayuda. Entonces, empezó a llover y la blusa y la falda se le empaparon enseguida. Para intentar protegerse, se mantuvo pegada a una fila de arbustos. Notó el sonido y creyó que era el pulso que le golpeaba en los oídos al correr, pero lo oyó cada vez más fuerte. Se hizo un silencio durante una fracción de segundo y lanzó un alarido cuando un ser enorme surgió de los arbustos y estuvo a punto de arrollarla. Aterrada, se tambaleó y se cayó. Oyó una voz masculina que soltaba un improperio antes de que unas manos poderosas la agarraran y la pusieran de pie.

–Por todos los santos, ¿puede saberse qué estás haciendo? –le preguntó Cesario con furia y el pelo tapándole los ojos–. ¿Dónde te habías metido? Dijiste a Filomena que ibas a dar un paseo por el jardín, pero nadie pudo encontrarte. ¡Contéstame! –gritó cuando Beth se quedó mirándolo y temblando.

Detrás de él pudo ver a su enorme caballo negro que pastaba tranquilamente. El sonido que oyó tuvo que ser el de sus cascos al otro lado de los arbustos. Si Cesario y su caballo la hubiesen arrollado, habrían podido matarla. Notó que se mareaba y parpadeó débilmente.

–No, no te desmayes otra vez, *mia belleza* –oyó que decía él.

Cesario no podía explicarse el miedo irracional que se había apoderado de él cuando se enteró de que Beth había desaparecido del castillo. No había motivos para pensar que le hubiese pasado algo, pero se le apareció la imagen de ella la noche anterior, pálida y temblorosa mientras rebatía con rabia la acusación de que había robado los pendientes. El recuerdo de ella intentando contener las lágrimas lo revolvieron por dentro y se sintió alterado por haberla disgustado. En ese momento, al mirar su palidez, se sintió aliviado, pero al ver cómo palpitaban sus pechos bajo la blusa mojada, otra sensación, mucho más primitiva, le abrasó las entrañas.

Beth notó un ligero cambio en Cesario. Su voz ya no era hosca, sino ronca, con cierta aspereza seductora que la estremeció. Abrió los ojos y se quedó atrapada por la mirada gris y granítica de él. Notó su cálido aliento en la piel y los sentidos se le desataron al oler la embriagadora mezcla de su chaquetón de cuero mo-

jado, la especiada colonia y algo que era intensamente
viril y exclusivo de él. Su cerebro asimiló todo eso durante los eternos segundos que se detuvieron entre
ellos. Entonces, bajó la cabeza y la besó en la boca.
Un placer cegador estalló dentro de ella e, inconscientemente, separó los labios. Quizá estuviera ofuscada
por el suceso, pero había soñado con su beso desde
que se miraron a los ojos en el salón de baile. Sintió
como si hubiera estado esperándolo toda su vida, como
si hubiese nacido para vivir ese momento con ese hombre, y no hubo nada que le ayudara a resistirse cuando
le devoró los labios con una voracidad que le llegó al
alma. No era delicado, pero no había esperado que lo
fuese y la acometida de su lengua le despertó el anhelo
de que la tumbara sobre la hierba mojada y se adue-
ñara de ella.

Los pocos y castos besos que se había dado cuando
había salido con otros hombres no la habían preparado
para la ofensiva sensual de Cesario. Sus labios le exi-
gían una reacción que era incapaz de negarle. Tenía la
blusa pegada al cuerpo, su contacto con los pechos era
deliciosamente erótico y no puedo contener un gemido cuando le acarició los endurecidos pezones a través de la tela. Se dejó arrastrar por el torbellino de
sensaciones y, deseosa de tenerlo más cerca, le rodeó
el cuello con los brazos. Él farfulló algo en italiano y
la estrechó contra sí con fuerza. Ella notó la dureza de
sus músculos y la turgente erección contra el vientre,
lo que hizo que se derritiera entre los muslos. La incipiente barba le raspaba la mejilla, pero le daba igual.
Nada le importaba, salvo que dejara de besarla. Algo
por dentro le decía que le pertenecía, que su sitio estaba entre sus brazos. Le pasó los dedos entre el pelo
y entonces, como si fuera ciega, le acarició el rostro y

le palpó cada rincón hasta que las yemas de los dedos le recorrieron la cicatriz. Él se puso en tensión y se apartó tan repentinamente que ella se tambaleó. Se sintió privada de la fuerza y calidez de su cuerpo y se preguntó, con un destello de desesperación, cómo podría soportar la dolorosa soledad de su vida.

Él bajó los brazos a los costados para que ella retrocediera. Al darse cuenta de lo que había pasado, se llevó una mano a la boca y la notó hinchada mientras miraba a Cesario con los ojos fuera de las órbitas.

—¿Por qué lo has hecho? —susurró Beth.

Él dejó escapar una risotada con los ojos resplandecientes por la avidez.

—¿Por qué? Lo sabes muy bien. Sientes esta intensa atracción tanto como yo. Es posible que lo lamentes y te aturda, como a mí, pero no puedes negar lo que arde entre nosotros.

Efectivamente, no podía negarlo, pero le asombraba que él reconociera que la deseaba. Le tomó la cara entre las manos y lo miró, con el corazón desbocado, mientras volvía a bajar la cabeza. Ella separó los labios involuntariamente para recibir su beso, pero un recuerdo se abrió paso en su cabeza y se apartó dando un grito.

—¡El perro! Encontré un perro atrapado en una trampa —le explicó ella cuando la miró atónito—. Tenemos que liberarlo o morirá. Por favor... —lo agarró del brazo.

—¿Dónde?

Cesario tuvo que hacer un esfuerzo para resistir la tentación de tomarla otra vez entre los brazos y terminar lo que habían empezado. Nunca había tenido tanta necesidad de poseer a una mujer, pero esa, con su belleza espectral y sus ojos verdes, lo había hechizado.

—En el bosque, junto al prado.

Beth, con remordimiento por haberse olvidado del perro mientras estaba en brazos de Cesario, empezó a correr. Él la alcanzó enseguida a lomos de su caballo.

–Dame la mano –le ordenó antes de agarrarla y montarla delante de él como si no pesara nada–. Indícame dónde está.

A Beth le espantaban las alturas y comprobó que el suelo estaba muy abajo.

–No dejaré que te caigas –le tranquilizó Cesario con su voz profunda.

Ella, asombrosamente, se sintió segura con la espalda contra su pecho y sus brazos rodeándola mientras agitaba las riendas para que el caballo galopara.

Capítulo 6

¿CREES que podrás abrir la trampa con un palo o una rama? –le preguntó Beth mientras él se arrodillaba junto al perro.

–Debería liberarlo si piso el mecanismo –contestó él después estudiar la trampa un momento–. Me imagino que un pastor ha puesto trampas para defender a su rebaño de los zorros. Apártate. Un animal herido es impredecible y el perro puede atacarte.

–No creo que me muerda –replicó ella mirando a los lastimeros ojos del animal.

Se arrodilló y se oyó el ruido de una tela al rasgarse. Beth dejó escapar un suspiro cuando vio que su falda se había enganchado en un espino.

–Bueno, como toda mi ropa, solo me costó unas libras en la tienda de beneficencia.

–Me imagino que el vestido que llevabas anoche costó algo más que unas libras –comentó Cesario con ironía.

–Pues no. Ese vestido es mi mejor ganga y me alegré de que el dinero que pagué fuese a una institución benéfica que ayuda a muchos enfermos de esclerosis porque mi madre la padeció durante muchos años y acabó muriendo por ella.

Beth, con los ojos clavados en el perro, no vio la mirada que le dirigió Cesario. Pisó el muelle del me-

canismo y las garras de la trampa de separaron para
liberar a su víctima.

—Ten cuidado —le avisó él.

Ella levantó inmediatamente al perro, que, agrade-
cido, se quedó inmóvil en brazos de Beth.

—Tiene un corte en la pata —comentó ella con preocupación al ver la sangre.

—Es una herida abierta —Cesario miró fugazmente
al animal—. Déjalo en el suelo, supongo que encontrará fácilmente a su dueño.

Él frunció el ceño cuando ella lo miró como si fuese
un desalmado.

—No voy a abandonar al pobre animal, aunque sos-
pecho que su dueño lo haya hecho. Parece medio
muerto de hambre.

—Es macho y, desde luego, no es el perro más bonito que he visto.

—Que no sea bonito no es motivo para no ofrecerle
una casa —replicó Beth con vehemencia al acordarse
de todas las veces que no la eligieron unos padres adoptivos—. Por favor, ¿podemos llevarlo al castillo? Estoy
segura de que a Filomena no le importará tenerlo en la
cocina, al menos, hasta que se le cure la pierna. Yo pagaré su comida.

Cesario dejó escapar un improperio entre dientes y
fue hasta su caballo. A pesar de su fragilidad espectral, era muy tenaz y compasiva.

—Tenemos que marcharnos antes de que nos aho-
guemos en la lluvia —gruñó él.

La agarró de la cintura y la subió, con el perro, a la
silla del montar. Estaba empapada y tiritando.

—Sujeta esto —le ordenó dándole las riendas.

Se quitó el chaquetón y se lo puso por encima de
los hombros. El cuero todavía retenía el calor de su

cuerpo y el olor a hombre despertó los sentidos de Beth.

—Ya estoy mojada. No tiene sentido que tú también te empapes.

—En cuestión de cuarenta y ocho horas, has trastocado toda mi vida con una hija y un chucho lleno de pulgas. Lo que me faltaba era que cayeras enferma de neumonía —volvió a gruñir Cesario antes de meter el pie en el estribo y montarse en el caballo detrás de ella.

Diez minutos más tarde, cuando llegaron al castillo, Cesario fue a los establos, desmontó, bajó a Beth y apretó los dientes cuando su delgado cuerpo lo rozó brevemente. Le desesperó que lo alterara de esa manera. Evidentemente. Llevaba demasiado tiempo sin tener relaciones sexuales. En Roma podía llamar a varias mujeres que sabían que no iba a comprometerse, pero que estarían contentas de satisfacer su libido sabiendo que, a cambio, sería un amante generoso. Tomó al perro y lo tumbó sobre la paja de uno de los cajones para caballos. El corte de la pata no era profundo y Beth se arrodilló a su lado para acariciar al perro y tranquilizarlo mientras él le vendaba la herida.

—¿Crees que se curará? Pobre. Ha tenido que pasar un miedo espantoso mientras estaba atrapado.

Su ternura natural tocó una fibra muy profunda en Cesario. Miró sus delicados dedos mientras acariciaban una oreja del perro y se imaginó que lo acariciaba a él, que tomaba su virilidad con sus blancas manos. El pelo le olía a lluvia y a un leve aroma a limones. Bajó un poco más la mirada y pudo ver el contorno de sus pezones rosas a través de la blusa mojada.

—Estoy seguro de que se curará —contestó él con la voz ronca—. Le diré al mozo de cuadras que le dé abundante comida.

–Gracias –ella sonrió con timidez, pero su expresión reflejó los nervios–. Tengo que volver con Sophie. Me marché hace mucho tiempo y ya tiene que estar despierta.

–Estaba llorando antes de que fuera a buscarte, pero se durmió después de que le diera el biberón y parecía contenta cuando la dejé con Filomena –le explicó Cesario.

–¿Le diste el biberón? –Beth se mordió el labio–. ¿No pasó nada? Quiero decir, está acostumbrada a mí y...

–No se atragantó si eso es lo que quieres decir –replicó Cesario con ironía–. Soy muy capaz de ocuparme de un bebé. Solía darle el biberón a mi hijo.

–Lo echarás de menos...

–Pienso en él todos los días –reconoció él con la voz ronca.

Para su alivio, ella no le dijo que el tiempo lo cura todo, como le había dicho mucha gente al enterarse de que su hijo había muerto. Ella, vacilantemente, puso una mano sobre la de él mientras estaban arrodillados junto al perro y su silencio fue más balsámico que cualquier palabra de compasión sin sentido.

–Yo echo muchísimo de menos a Mel –comentó ella al cabo de un rato–. Me da mucha pena que no esté para ver crecer a Sophie. También echo de menos a mi madre aunque lleve doce años muerta.

–¿Dijiste que estuvo mucho tiempo enferma?

–Sí. Le diagnosticaron esclerosis múltiple cuando yo tenía unos cinco años y fue deteriorándose hasta acabar en una silla de ruedas. Sin embargo, nunca se quejó e intentó seguir adelante. Mi padre tuvo que dejar el trabajo para cuidarla y no teníamos dinero. A mi madre le dolía que yo no pudiera disfrutar de cosas como una fiesta de cumpleaños o un viaje con el colegio.

—Me dijiste que conociste a Melanie Stewart en un centro de acogida. ¿Tu padre también murió?

—No —Beth dudó—. Se... marchó. Tuvo una aventura con otra mujer y nos abandonó a mi madre y a mí para irse con ella.

Cesario no supo cómo reaccionar. Él, de niño, se quedó destrozado cuando su madre se marchó con su amante, pero su sensación de abandonó no podía compararse con lo que tuvo que sentir Beth ante el inhumano comportamiento de su padre.

¿Quién cuidó a tu madre cuando se marchó?

—Yo, durante un tiempo. No me importó. Quería estar con ella, pero cuando la esclerosis empeoró, hubo que ingresarla y murió enseguida. Los servicios sociales le preguntaron a mi padre si podía vivir con él, pero había emigrado a Australia con su nueva pareja y no me quería con él —Beth se encogió de hombros para disimular el dolor y lo miró a los ojos—. No tengo una opinión muy buena de los padres. Supuse que no querrías a Sophie, como mi padre no me quiso a mí, y vine a Cerdeña solo porque le prometí a Mel que te buscaría. No quiero tu dinero —añadió con rabia—. No espero nada de ti aunque la prueba demuestre que eres su padre. Solo quiero ser una madre para ella.

Beth se acordó de Sophie y quiso tenerla entre los brazos. La había dejado durante una hora y ya la echaba de menos. ¿Qué sentiría Cesario, que echaba de menos a su hijo todos los días? No le extrañó que pareciese tan sombrío. Sabía muy bien lo que pesaba el dolor. Todavía lloraba muchas noches por Mel. Sin embargo, tenía la sensación de que Cesario arrinco-

naba los sentimientos en lo más profundo de su corazón y de que intentaba pasar por alto el dolor.

–Tengo que volver –siguió Beth levantándose–.
Llevo demasiado tiempo lejos de Sophie.

–Le cena será a las ocho –Cesario también se levantó–. Teodoro irá a recogerte.

Ella sintió un escalofrío al recordar el enfrentamiento
de la noche anterior. Le avergonzaba recordar lo emocionada que estaba cuando se puso el único vestido
bonito que tenía. Él, sin embargo, hizo añicos su ridícula
ilusión cuando la acusó de ser una ladrona. Se detuvo
al llegar a la puerta y se dio la vuelta.

–Esta noche prefiero cenar en el cuarto de Sophie.
Si Filomena está demasiado ocupada, bajaré a la cocina y me prepararé un sándwich.

–Beth, estate preparada a las ocho –murmuró él en
un tono agradable aunque inflexible–. Si no, iré a buscarte.

Su arrogancia era irritante y sintió un inusitado arrebato de furia. Abrió la boca para replicar, pero su granítica mirada hizo que se lo pensara y se marchó en un
silencio muy digno.

Beth bañó a Sophie, le dio el biberón y la durmió.
Entonces, comprobó que su práctica falda gris no tenía arreglo y no supo qué ponerse para la cena. No
pensaba ponerse el vestido verde y no creía que volviera a ponérselo jamás. Solo le quedaba una falda negra, que era más vieja que la gris y bastante más larga.
Afortunadamente, Carlotta le había lavado y dejado
en el armario su relativamente nueva camisa azul marino. Parecería que iba a un entierro. Sin embargo, no
quería que Cesario creyera que se había vestido para

impresionarlo, se recordó a sí misma mientras se hacía un moño en lo alto de la cabeza.

Teodoro estaba esperándola cuando salió al pasillo y, mientras lo acompañaba escaleras abajo, notó que el corazón se le había acelerado. Como la noche anterior, Cesario ya estaba en el comedor. Estaba peligrosamente sexy con unos pantalones negros y una camisa de seda blanca abierta en el cuello que le permitía vislumbrar el vello que le bajaba hasta el abdomen.

Se puso nerviosa cuando Teodoro salió de la habitación y cerró la puerta. Se quedó sola con Cesario y deseó que él dijera algo o esbozara una de sus infrecuentes sonrisas. Él, sin embargo, la miró fijamente en silencio y con los ojos clavados en el pulso que le palpitaba en el cuello.

—¿Crees que por vestirte como una monja vas a ocultarme tu belleza? ¿Acaso esperas que tu anodina vestimenta sofoque el deseo que siento por ti? Estás equivocada.

Él alargó una mano y, antes de que Beth supiera qué iba a hacer, le quitó la pinza que sujetaba el moño. El pelo le cayó por la espalda en una cascada sedosa y castaña.

Beth quiso reaccionar con indignación, pero él introdujo la mano entre el pelo, le tomó la nuca y la acercó a él. Sus ojos brillaban como el acero, pero captó su avidez y recordó cómo la había besado bajo la lluvia. Mientras estuvo jugando con Sophie y bañándola, había evitado por todos los medios recordar la pasión desenfrenada que había brotado entre ellos. Sin embargo, en ese momento, mientras miraba su rostro esculpido en piedra, se sintió dominada por una necesidad primitiva de que la estrechara contra su pecho y la besara posesiva y enloquecedoramente.

Contuvo la respiración mientras él bajaba la cabeza muy despacio. Tembló por el anhelo de sentir sus labios, de que su lengua se abriera camino en su boca. Inconscientemente, se acercó a él, quien, para su vergüenza y pesadumbre, se puso rígido y echó la cabeza hacia atrás como si estuviera dispuesto a sofocar la atracción sexual que los abrasaba por dentro.

–Vamos a cenar –Cesario retrocedió y le apartó una silla–. Filomena nos ha dejado la comida en la fuente caliente para que nos sirvamos. ¿Qué quieres beber?

–Limonada, por favor.

Beth consiguió decirlo de una forma natural, como si él no la alterara. Esa noche no iba a beber vino, tenía que conservar la cabeza despejada. La sopa de pescado le gustó mucho y después, Cesario le sirvió una pasta redonda y rellena de patata y menta con salsa de tomate y albahaca.

–Es una receta típica de Cerdeña –le explicó él antes de dar un sorbo de vino tinto–. Teodoro me ha dicho que le has preguntado por la historia del castillo.

Beth asintió con la cabeza y aliviada porque la conversación no tratara de su vida personal.

–Es un sitio fascinante. ¿De cuándo dijiste que era?

–El edificio original es del siglo XIII. Se ha ampliado con el tiempo y recientemente se le ha instalado la electricidad y una fontanería mejor. Me imagino que mis antepasados no se bañaban mucho cuando había que subir el agua del pozo y llevarla a las habitaciones más altas –comentó él con un brillo burlón en los ojos.

Él siguió contándole la historia del castillo y ella fue relajándose con las distintas anécdotas y la voz grave que le acariciaba los sentidos como si fuera terciopelo en la piel.

–Es increíble que la gente viviera aquí hace cientos de años –susurró ella.

Además, se sorprendió al darse cuenta de que se había comido todo el plato mientras lo escuchaba.

–Se sabe que el pueblo nurágico vivió en Cerdeña hace más de unos cientos de años –le explicó él ofreciéndole una taza de café–. Hay más de siete mil construcciones de piedra que se llaman nuragas. Según los arqueólogos, son de unos quince siglos antes de Cristo.

–¿Y se mantienen en pie? –preguntó ella con los ojos como platos–. Me encantaría verlas.

–Naturalmente, algunas se han derrumbado, pero la estructura básica se conserva. Hay un asentamiento llamado Serra Orrios en Dorgali, cerca de Oliena, y también hay un sepulcro antiguo que se llama la Tumba de los Gigantes –Cesario sonrió con sinceridad por el entusiasmo de ella–. Es posible que podamos visitarlo mientras estás aquí.

A Beth se le cayó el alma a los pies al caer en la cuenta de que su estancia en el castillo dependía de cuándo se pudiera hacer la prueba de ADN. Sin saber qué decir, miró los cuadros que había colgados en las paredes y, especialmente, el retrato de un hombre serio con vestimenta moderna.

–Es mi padre –comentó Cesario al darse cuenta.

–Parece muy... aristocrático.

–Era un hombre frío y distante –Cesario miró el retrato–. Me aterraba cuando era niño. Nunca me hizo nada físicamente, pero hay muchas maneras de ser cruel. Creía que los hombres Piras nunca debían tener sentimientos y mucho menos expresarlos –dejó escapar una risotada sarcástica–. ¿Ves la enseña que cuelga de la pared con dos espadas? El lema de mi familia es: «La victoria y el poder lo es todo». A mi padre solo le importaba el nombre de los Piras y el poder y se empeñó en transmitirme esos valores.

—¿Y tu madre?

Beth intentó disimular la impresión que le había causado la confesión de Cesario. Teodoro le contó que su padre había muerto hacía unos años, pero no dijo nada de su madre.

—Su retrato no está aquí —añadió ella al darse cuenta de que los retratos de mujeres eran de unos quinientos años antes.

—No, mi padre eliminó cualquier rastro de ella cuando dio por terminado el matrimonio. Cuando yo tenía siete años, volví del internado emocionado porque iba a verla, pero ella se había marchado sin despedirse siquiera y nunca volví a verla.

—¿No te visitó ni te invitó a su casa nueva?

—No. Mi padre le dio mucho dinero a cambio de que le concediera a él mi custodia en exclusiva. Cuando le pregunté si podría verla, me contó lo que había hecho y juraría que disfrutó al explicarme que mi madre había preferido el dinero a su único hijo. Fue una lección provechosa.

Beth, bajo el tono sarcástico, captó el daño que sufrió siendo niño. Volvió a mirar el retrato de su padre y su corazón se ablandó. Había conocido el rechazo de un padre y se preguntó si a Cesario también la costaba confiar.

—No todas las mujeres son como ella —replicó Beth con serenidad—. No todas las mujeres creen que el dinero es más importante que una relación de amor.

—¿De verdad? —preguntó él con escepticismo.

Se acordaba de relaciones que había tenido con mujeres que consideraban que su dinero era su mayor atractivo. Aun así, sabía que Beth tenía cierta razón.

Él nunca se planteó pagar a Raffaella como había hecho su padre porque también amaba a Nicolo, pero su intento desesperado de llevárselo del castillo acabó en tragedia.

Una llamada del teléfono interno del castillo rompió el silencio que había caído sobre el comedor. Cesario se levantó y fue a contestarlo.

–Sophie se ha despertado y Carlotta no puede calmarla –le informó un instante después.

–Le toca el biberón.

Beth miró el reloj y le sorprendió ver lo tarde que era. Las horas habían pasado volando con Cesario y, más asombrosamente todavía, había disfrutado en su compañía. Se levantó de un salto impulsada por el remordimiento, Cesario le abrió la puerta y la acompañó.

–Te acompañaré hasta el cuarto de Sophie. No creo que te acuerdes del camino por ese laberinto de pasillos.

El llanto de Sophie podía oírse desde el descansillo del primer piso. En cuanto llegaron a su cuarto. Beth tomó en brazos a Sophie, que estaba congestionada de tanto llorar.

–Ya, cariño, ya estoy aquí.

El remordimiento por haber vuelto a abandonar a Sophie durante unas horas aumentó cuando comprobó que estaba mojada. Le quitó el pijama, le cambió el pañal y le puso un pijama seco mientras la niña no dejaba de gritar por haber tenido que esperar al biberón.

–¿Está preparado el biberón? –le preguntó Cesario.

–No –contestó ella con un gruñido–. Tengo que preparar un par para la noche.

–Yo la sujetaré mientras le preparas el biberón.

Cesario acunó a Sophie contra el pecho y tuvo una sensación muy rara. No sabía si era su hija, pero tampoco le parecía importante. Lo importante era que la tranquilizaba y le cantó la nana en italiano que solía cantarle a Nicolo. Sophie dejó de llorar y lo miró con sus enormes ojos marrones. Si era su hija, la querría tanto como quiso a Nicolo, pero ¿qué haría con Beth, su tutora? Lo había convencido de que amaba a Sophie como si fuese su propia hija y no sería justo separarla de ella. Quizá pudiera contratarla como niñera de Sophie. Así, podría ser parte de la vida del bebé. Sin embargo, no le convencía la idea de tenerla viviendo en el castillo cuando lo tenía hechizado. Solo llevaba dos días allí y ya sentía una avidez desconocida por poseerla.

En muchos sentidos, sería mucho más fácil que Sophie no fuese hija suya. Podría mandar a Beth de vuelta a Inglaterra y seguir su vida con la conciencia tranquila. La olvidaría en cuanto no lo hechizara con esos ojos verdes.

–Sabía que tenías un toque mágico –dijo ella con un biberón en la mano y sacándolo de su ensimismamiento–. No hay nada que pueda apaciguar a Sophie cuando le toca el biberón.

¿Sería posible que Sophie notara de alguna manera que Cesario era su padre?, se preguntó Beth mientras él le entregaba a la niña. ¿Sería como una llamada de la sangre? Si eso era verdad, el sitio de Sophie estaba allí, en el Castello del Falco.

Sophie ya estaba casi dormida cuando acabó el biberón. Beth la dejó en la cuna y se acercó a la ventana, donde estaba Cesario mirando la oscuridad que envolvía al castillo.

–Creo que dormirá hasta que se despierte para el biberón de la mañana.

Él la miró con una expresión indescifrable en sus ojos grises y a ella le dio un vuelco el corazón.

–También deberías acostarte después de un día tan ajetreado. Creo que has engatusado a Filomena para que deje dormir al perro en la cocina...

Ella se sonrojó y lo miró con nerviosismo, pero vio que sus ojos tenían un brillo burlón.

–Harry estaba muy solo en los establos.

–¿Harry? –preguntó él arqueando las cejas.

–Tenía que llamarlo de alguna manera –replicó ella a la defensiva–. Cuando era pequeña, teníamos un perro que se llamaba Harry y lo quería mucho, pero mi padre dijo que ya tenía bastante con cuidar a mi madre y lo vendió. Filomena me ha dicho que, a lo mejor, su hermana puede encontrar una casa para Harry. No podré llevármelo a Inglaterra ni sería justo meterlo en un piso de una habitación.

–Tampoco parece el sitio ideal para criar a una hija.

–No lo es –Beth se mordió el labio–. Si resulta que Sophie no es tu hija, solicitaré otra vivienda de protección oficial. Estaría muy bien que tuviera jardín para que pudiera jugar –Beth suspiró–. Sin embargo, la lista de espera es muy larga en Londres.

–Adquiriste una responsabilidad enorme al aceptar ser su tutora –replicó Cesario con brusquedad–. Eres joven y tienes toda una vida por delante. Sacrificaste la vida independiente que tenías para criar a la hija de otra mujer.

–Mi vida es distinta, desde luego, pero Sophie no me parece un sacrificio. La quiero más que a nada y pienso hacer todo lo que pueda para ofrecerle una infancia feliz –Beth sonrió con cierta melancolía–. Cuando era pequeña soñaba con ser bailarina. Me moría de ganas por ir a clase de ballet como las demás niñas del colegio, pero mi madre no podía pagarlas, sobre todo, cuando mi padre nos abandonó. Quiero que Sophie tenga la oportunidad de hacer lo que quiera.

Cesario miró el rostro serio de Beth antes de volver a mirar el cielo tachonado de estrellas.

–Tienes un corazón ridículamente blando, Beth Granger –comentó él con aspereza antes de hacer una pausa–. ¿Quién dejó el diamante de Alicia Devington en tu cuarto?

Beth lo miró sin salir de su asombro. Su perfil era todo ángulos a la luz de la luna y la cicatriz hacía que pareciera tan implacable como sus antepasados guerreros. Tragó saliva.

–Hugo... Devington –contestó con voz temblorosa.

Él se giró hacia ella y la atravesó con la mirada.

–¿Por qué iba a querer Hugo Devington que parecieras una ladrona?

–Porque quería un motivo para despedirme después de que lo amenazara con...

Beth no pudo seguir y se miró las manos. Estaba retorciéndoselas por los espantosos recuerdos que había intentado olvidar durante seis meses. Notó la impaciencia de Cesario.

–Después de que lo amenazara con decirle a la señora Devington que había intentado agredirme.

–¿Qué quieres decir con agredirte?

–Sexualmente –susurró ella sonrojándose.

–¡Santo cielo! ¿Quieres decir que te violó?

Cesario sintió la necesidad imperiosa de encontrar a Hugo Devington y despedazarlo.

–No, no llegó tan lejos. Al principio, se limitaba a hacer comentarios sobre mi cuerpo y, si por casualidad estaba sola con él en alguna habitación, se acercaba y... –Beth se sonrojó más– y me daba una palmada en el trasero, pero luego hacía una broma al respecto. No sabía qué hacer e intenté mantenerme alejada de él. Entonces, una tarde que la señora Devington no estaba en casa, me llamó a su despacho para hablar de uno de sus hijos. Bueno, para resumir, intentó besarme. Naturalmente, lo alejé de un empujón, pero él se enfadó y me agarró con fuerza. Puso la mano sobre mi falda e intentó... tocarme. Conseguí zafarme, pero me persiguió y lo amenacé con decírselo a su esposa. Esperé que así no volviera a intentar nada, pero los pendientes de la señora Devington desaparecieron al día siguiente y, cuando los buscó por la casa, los encontró en mi cuarto. Quiso llamar a la policía para que me detuvieran, pero Hugo lo impidió y la convenció de que sería mejor despedirme inmediatamente.

–¿Por qué no insististe en que llamaran a la policía? –preguntó Cesario–. No habías robado los pendientes, ¿por qué no intentaste defenderte? ¿Por qué no comunicaste a la policía que Devington te había agredido sexualmente?

–No tenía pruebas y nadie creería mi palabra antes que a la de un famoso abogado. Tú no me creíste –le recordó ella.

–Anoche no sabía todo lo que había pasado –se justificó Cesario–. Te debo una disculpa. Acababa de recibir el informe del detective y no tenía motivos para no creer que fuese verdad.

–¿Por qué me crees ahora? Podría estar mintiendo.

Él la miró detenidamente. Su piel casi traslúcida no llevaba maquillaje y se pelo castaño era precioso y natural. No tenía ningún artificio y se preguntó si su aire virginal también sería real.

–Llevas la sinceridad como una bandera –contestó él con voz ronca–. Tus sentimientos son transparentes, como tu amor por Sophie y tu ternura con el perro herido. No creo que seas capaz de mentir ni de palabra ni con actos.

Su tono ronco y seductor la estremeció. La miraba con los ojos entrecerrados y la intensidad de esa mirada le cortó la respiración.

—Tu cuerpo no mintió cuando te besé. Sentí la dulce avidez de tu reacción —le tomó la cara entre las manos y le pasó el pelo por detrás de las orejas—. Eres tan prisionera de este maldito deseo que no abrasa como yo, *mia bella.*

Ella no podía negarlo cuando tenían las bocas tan cerca que sentía su cálido aliento en los labios. Deseó tanto que la besara que le tembló todo el cuerpo. Cuando la besó, dejó escapar un leve suspiro y separó los labios con una avidez inocente que atenazó las entrañas de Cesario.

Fue distinto al beso que le dio bajo la lluvia. Él era distinto, más delicado. Las manos le temblaron ligeramente cuando las bajó de la cara por el cuello hasta acariciarle la frágil línea de las clavículas. La besó con una sensualidad y ternura que le parecieron irresistibles. Lentamente, como una flor que se abría por los rayos del sol, le correspondió. Vacilantemente al principio, pero cuando él dejó escapar un gemido, abrió la boca para que pudiera conocerla con la lengua.

—Beth...

La estrechó contra su pétreo cuerpo con una mano entre el pelo, le inclinó la cabeza y le devoró la boca con una pasión incontenible. Ella reaccionó automáticamente, cimbreó su delgado cuerpo contra él y le tomó la cara entre las manos para que no dejara de besarla. Le acarició suavemente la cicatriz entre la incipiente barba y notó que se ponía rígido, pero enseguida se disipó la tensión y elevó el beso a una altura que lo convertía en un claro asalto a sus sentidos.

El corazón se le desbocó cuando bajó una mano hasta un pecho. Notó su calidez a través de la blusa y anheló que le desabotonara la blusa para que introdujera la mano por debajo del sujetador y le acariciara la piel. Se imaginó sus bronceados dedos que tomaban posesivamente sus blancos pechos y se estremeció. Sin embargo, Cesario tenía que haber hecho el amor con docenas de mujeres, quizá, con cientos. Mel lo había descrito como un mujeriego.

Llegó un leve murmullo de la cuna, un suspiro de Sophie al cambiar de postura, pero bastó para que rompiera el hechizo y se apartó de Cesario temblando como una hoja en una tormenta.

–No... no puedo hacerlo –le dijo con el pánico reflejado en la voz.

¿Qué estaba haciendo? ¿Cómo podía plantearse la posibilidad de entregarse a un hombre que había tenido una aventura de una noche con su mejor amiga y podía ser el padre de su hija?

Cesario entrecerró los ojos, pero bajó las manos a los costados con el ceño fruncido.

–¿Qué pasa? –le preguntó.

El cuerpo le palpitaba por el deseo y solo podía pensar en cuánto quería llevar a Beth a su dormitorio, quitarle la ropa y ponerse entre sus delgados muslos, pero el cansancio de su mirada le obligó a sofocar su incontenible deseo con un formidable ejercicio de dominio de sí mismo. Recordó que su anterior empleador había intentado agredirla sexualmente y sintió una náusea.

–¿Tienes miedo de mí? –volvió a preguntar él con los dientes apretados.

–No, no de ti –Beth tragó saliva al notar el desaliento de Cesario–. Tengo miedo de mí, de esto.

Había acertado al juzgarla. No podía mentir ni para salvar el orgullo.

–Somos casi unos desconocidos –siguió ella con voz temblorosa–. Si no hubiese sido por Sophie, nunca nos habríamos conocido. Dices que me deseas, pero es posible que solo desees una mujer, cualquiera, para que comparta tu cama un tiempo. Yo estoy a mano, como lo estuvo Mel.

Cesario contuvo la necesidad de tomarla otra vez entre los brazos y besarla desenfrenadamente para que se diera cuenta de que la deseaba como no había deseado a ninguna mujer. Sin embargo, tenía razón en el fondo, solo sería una breve aventura. No creía que su deseo fuese a saciarse en una noche, pero tampoco quería una relación duradera y siempre perdía el interés por sus amantes al cabo de unas semanas. Además, tenía que pensar en Sophie, la que podía ser hija de una mujer que ni siquiera recordaba. No le extrañó que Beth lo mirara con una desconfianza tan profunda. Se oyó otro lamento y Beth se puso tensa.

–Tienes que marcharte –susurró ella–. Estamos molestándola.

Cesario hizo una mueca al pensar en la larga noche que se le avecinaba. Sería un infierno cuando ardía por esa rosa blanca que lo excitaba con una sola mirada o con solo vislumbrar su tímida sonrisa. Sin embargo, ella tenía razón, naturalmente. Sophie era lo primero.

–Que duermas bien si puedes, Beth –se despidió él en tono sarcástico.

Capítulo 7

EL CIELO estaba completamente azul cuando Beth abrió las cortinas a la mañana siguiente y, a pesar del cansancio por haber pasado la noche en vela y pensando en Cesario, se sintió animada.

–Mira –le dijo a Sophie–. El cielo está tan despejado que casi puedes tocar las montañas.

Sophie balbució algo al oír su voz y siguió metiéndole el dedo en la oreja.

–Eres adorable.

Sophie había heredado los ojos marrones de su madre y Beth sintió un arrebato de tristeza al acordarse de Mel.

–Algún día te hablaré de tu madre. Era la mejor amiga que se podía tener. Te deseaba mucho y te habría querido con toda su alma, como yo te quiero.

Le cambió el pañal y estaba abotonándole uno de los vestiditos que le había pasado su vecina Maureen cuando entró la doncella.

–¿Qué está haciendo?

Carlotta había abierto un cajón y estaba sacando los pijamas de Sophie para meterlos en una bolsa.

–Usted y la niña se marchan –le contestó Carlotta en un elemental inglés–. El señor Piras dice que se marchan hoy.

–Entiendo.

Beth, con el corazón en un puño, tomó a Sophie en

brazos y salió del cuarto. ¿Había decidido Cesario no hacer la prueba de ADN y las mandaba a casa? Si era así, ¿lo hacía porque ella había puesto freno a la pasión la noche anterior? Cuando llegó al pie de la escalera, él salió de su despacho y cruzó el vestíbulo para acercarse a ella. El pirata aterrador se había transformado en un elegante banquero. Estaba impresionante con un traje gris oscuro, una camisa azul y una corbata azul marino. Incluso, había conseguido peinarse un poco el rebelde pelo moreno. Sin embargo, tanta sofisticación no disimulaba su dominante virilidad, era imponente, poderoso e implacable. Sus ojos grises y duros como el acero la miraron fijamente y sin disimulo y captaron el leve tono rosa de sus mejillas.

–¿Por qué está recogiendo Carlotta las cosas de Sophie? Ha dicho que nos marchamos.

–Hoy tengo algunas reuniones del Banco Piras-Cossu en Roma y he decidido que vais a acompañarme. He hablado con una clínica de allí que hará la prueba de ADN. Nos darán los resultados dentro de dos semanas. Estoy seguro de que estarás de acuerdo en que cuanto antes sepamos la verdad, mejor –contestó él con frialdad.

–¿Ya se ha despejado la carretera?

–No, pero el tiempo ha mejorado y mi helicóptero podrá aterrizar en el castillo.

–No voy a montar a Sophie en un helicóptero.

El vuelo hasta Cerdeña ya había sido bastante enervante. Había sido la primera vez que Beth se había montado en un avión y no le había gustado nada.

–Es completamente seguro –le tranquilizó Cesario–. Voy muchas veces a Roma en helicóptero.

Miró a Sophie y le sonrió con ternura. Para sor-

presa de Beth, la niña, que solía ser tímida con los desconocidos, también le sonrió y alargó los brazos hacia
él.

–Ven, pequeña.

La tomó en brazos con una expresión más afable y
la apoyó en un hombro. Se dirigió hacia la puerta principal, pero se detuvo, se dio la vuelta y miró a Beth
con impaciencia.

–Veo que te has vestido como si fueses a pedir un
papel en *Sonrisas y lágrimas.*

Beth sintió tal furia que se olvidó del miedo a volar.
Sabía muy bien que su falda negra era demasiado larga
y que su camiseta gris era demasiado sosa. No hacía
falta que él le recordara que no sabía nada de moda.

–No tengo mucha ropa –replicó ella cortantemente
mientras lo seguía hacia el helicóptero.

–También nos ocuparemos de eso mientras estemos en Roma.

Ella no pudo preguntarle qué había querido decir
porque el piloto la ayudó a subir y le dijo que se pusiera el cinturón de seguridad. Miró los amplios asientos de cuero y los muebles de nogal pulido, un mueble
bar entre ellos, y los comparó con diminutos asientos
de la línea aérea barata en la que había volado a Cerdeña. Nada ilustraba mejor la categoría de multimillonario de Cesario que ese helicóptero. Ella no pertenecía a ese mundo, pero, si Sophie era su hija, no podría
negarle la vida de privilegios que podía ofrecerle.

El helicóptero despegó y ella cerró los ojos para no
ver cómo se alejaba la tierra.

–Intenta relajarte –le aconsejó Cesario sin ironía y
tomándole una mano–. Si miras a la derecha, podrás
ver el lago Cedrino y más allá el monte Corrasi, el más
alto de Cerdeña.

Beth abrió los ojos con cautela y comprobó que la vista era impresionante. Cesario siguió indicándole distintos sitios y fue relajándose poco a poco, aunque no tanto como Sophie, quien se había quedado dormida. Pronto empezaron a cruzar el mar hacia la Italia continental.

—Llegaremos a Roma dentro de unos veinte minutos —comentó Cesario al cabo de un rato—. Iremos directamente a mi piso. He organizado que alguien de la clínica se encuentre con nosotros allí y que nos tome las muestras para hacer la prueba de ADN.

—No sé por qué tenemos que ir contigo —Beth seguía dándole vueltas—. ¿No podías haberlo organizado para que esa persona de la clínica hubiese volado al castillo?

—Sí, pero tengo otro motivo para llevaros a Roma. Tengo entradas para el ballet. La orquesta y el ballet del Teatro de la Ópera interpretan *Romeo y Julieta*. Esta noche es el estreno y pensé que os gustaría acompañarme.

—Nunca he ido al ballet, solo lo he visto por televisión —Beth contuvo de inmediato la emoción—. Si has reservado las entradas, será porque habías pensado ir con alguien. No puedes... hacerle eso y llevarme a mí.

—Mi invitada ya no puede ir y sería una pena desperdiciar su entrada.

—Entiendo.

Beth sintió un inexplicable arrebato de celos al pensar que Cesario había pensado llevar a su amante al ballet. Sería una mujer impresionante y sofisticada, a la altura del multimillonario más codiciado de Italia.

—Será mejor que no vaya. Podría complicar las cosas entre tu amiga y tú.

Cesario captó la desilusión en su voz y quiso agitarla o besarla, besarla sería mucho mejor.

–No tengo amiga. Compré la entrada para mi secretaria personal por todo lo que trabaja, pero le ha surgido algo y no puede salir esta noche.

Solo era una pequeña mentira piadosa, se tranquilizó Cesario. No iba a reconocerle que la noche anterior, cuando ella le contó cuánto le habría gustado dar clases de ballet, llamó a uno de sus contactos para que sacara las entradas al precio que fuese. Cesario estaba rebuscando en el maletín, pero ella tuvo la sensación de que no quería mirarla.

–Acompáñame esta noche si quieres –comentó él despreocupadamente–. Creía que te gustaba el ballet, pero si no te interesa...

–Me encantaría... pero ¿qué hago con Sophie?

–No te preocupes. Todo está organizado. Estará bien cuidada mientras estamos fuera.

El helicóptero había sobrevolado la ciudad mientras hablaban y en ese momento iba a aterrizar en el helipuerto de un edificio muy alto. Se puso tan nerviosa otra vez que no se enteró de por qué había buscado una niñera antes de saber si iba a acompañarlo al ballet. El helicóptero aterrizó en la azotea de la sede central del banco Piras-Cossu. Bajaron en ascensor hasta el vestíbulo recubierto de mármol y salieron para montarse en una limusina.

El piso de Cesario daba a una plaza que se llamaba *Campo dei Fiori*, donde todas las mañanas se instalaba un mercado de frutas, flores y verduras. El piso estaba en un edificio histórico, pero el interior del ático era moderno, con suelos de mármol y paredes y muebles blancos.

–Tu casa de la ciudad es muy distinta al castillo

–comentó ella aunque no le dijo que le parecía tan aséptica y poco acogedora como un hospital.

–Lo decoró mi esposa. A Raffaella no le gustaba el castillo y prefería vivir en Roma. Para mí, el piso solo es un sitio donde quedarme cuando tengo que ir al banco. Nunca me he molestado en decorarlo otra vez.

Cesario había subido con Sophie, pero se la entregó a Beth antes de entrar en la sala. Había dos hombres y Cesario se los presentó después de hablar en italiano con ellos. El más joven era de una clínica que hacía pruebas de paternidad y el mayor, canoso, era un médico.

–La muestra de ADN se obtiene metiendo un bastoncillo en la boca y no duele nada –le aseguró el representante de la clínica a Beth–. Primero tomaré una muestra del señor Piras y luego de la niña.

Sophie no se enteró de nada y se tomaron las muestras en cuestión de minutos. Beth, sin embargo, se puso nerviosa mientras tomaban las muestras que determinarían si Cesario era el padre de Sophie. Si no lo era, tendrían que volverse al abigarrado piso en el desastrado bloque de viviendas. Se apañarían. Con un poco de suerte, encontraría un empleo mejor pagado y una vivienda más agradable, pero nunca volvería a ver a Cesario. Eso le dolió más de lo que debería. ¿Qué le importaba? Él era un playboy adinerado que vivía en un mundo completamente distinto al de ella. Lo miró de reojo y sintió un dolor por dentro al ver sus hermosos y duros rasgos y la cicatriz que le bajaba por la mejilla. Le daba cierto aire de vulnerabilidad y demostraba que estaba hecho de carne y hueso, no de granito. Era el único hombre que la había besado con una pasión incontenible y que había conseguido que anhelara que la poseyera y la elevara a las cotas más elevadas del placer sexual. El corazón le dio un vuelco cuando él giró la cabeza y la sorprendió mirándolo.

—Se les informará de los resultados en cuanto los tengamos —les explicó el representante de la clínica antes de marcharse.

Para sorpresa de Beth, el médico se quedó. Había dado por supuesto que solo iba a presenciar la toma de muestras, pero Cesario se lo explicó.

—Le he pedido al doctor Bertoli que te reconozca por si puede descubrir por qué te desmayas.

—Lo dices como si fuese algo habitual —susurró ella con furia para que no la oyera el médico—. Solo me siento un poco débil algunas veces, pero no me pasa nada ni necesito un médico.

—¿Por qué no dejas que eso lo diga él?

La mirada de Cesario le indicó que sería inútil discutir. Lo miró con rabia e impotencia mientras él tomaba a Sophie en brazos y se iba hacia la ventana.

—Señorita Granger, ¿podría decirme los síntomas?

Beth esbozó una sonrisa forzada al doctor y se encogió de hombros ante su amable tono.

—Algunas veces me mareo y me quedo sin respiración. Me canso a menudo, pero Sophie se despierta por la noche para tomar el biberón y no es nada raro que esté agotada.

—Efectivamente, cuidar un bebé tan pequeño puede ser agotador. Es importante que coma bien. Tengo entendido que es su tutora y que su madre, que era su mejor amiga, falleció poco después del nacimiento de Sophie —la miró con comprensión—. El dolor tiene consecuencias físicas, además de mentales. Es posible que haya perdido el apetito por la muerte de su amiga y también es posible que haya estado tan ocupada cuidando al bebé que no ha podido asimilar el dolor.

–No.

Beth tragó saliva y se acordó del dolor que sintió en el entierro de Mel. Notó que los ojos se le llenaban de lágrimas, pero no iba a llorar delante de un desconocido. Después de la muerte de su madre había aprendido que llorar no era un alivio. Además, ¿cómo iba a sentir lástima de sí misma si Sophie necesitaba que fuese fuerte?

–Los últimos meses han sido complicados –reconoció ella.

Sabía que Cesario estaba escuchando la conversación, notaba sus ojos clavados en ella, pero no tuvo valor para mirarlo cuando se sentía tan vulnerable.

–A juzgar por lo que me ha contado y por su palidez, creo que le falta hierro –le dijo el doctor Bertoli–. Tomaré una muestra de sangre para confirmarlo, pero no le hará ningún daño empezar a tomar un suplemento de hierro en pastillas.

Cinco minutos después, el médico se guardó en el maletín un tubito con una muestra de sangre de Beth y le estrechó la mano.

–Adiós, señorita. Cuídese. Sé lo ardua que puede ser la vida de una madre sin pareja.

Cesario acompañó al médico hasta la puerta y cuando volvió, iba acompañado por una mujer.

–Beth, te presento a Luisa Moretti. Luisa es una niñera de una agencia muy conocida de Roma. Va ayudarte a cuidar de Sophie.

–Encantada de conocerla, señorita Granger.

La mujer hablaba perfectamente en inglés y le tendió la mano. Beth se la estrechó por educación, pero miró con rabia a Cesario. Él, para furia de ella, le sonrió con inocencia antes de dirigirse a la niñera.

–Beth yo tenemos una cita y como Sophie tiene

que tomar el biberón y dormir la siesta mientras estemos fuera, la dejaremos contigo durante dos horas.

–A Sophie no le gustará que le dé el biberón una desconocida –replicó Beth.

–Estoy segura de que estará muy bien conmigo –le tranquilizó Luisa–. Llevo veinte años siendo niñera y tengo mucha experiencia con bebés pequeños.

Cesario la agarró firmemente del hombro y la sacó de la habitación. Él contestó a una llamada del móvil antes de que ella pudiera decir algo y no pudo dar rienda suelta a sus sentimientos hasta que estuvieron en la limusina.

–No creas que no sé lo que estás haciendo. Crees que Sophie es tu hija y piensas separarme de ella en cuanto la prueba lo confirme. Por eso has contratado una niñera, ¡pero no voy a abandonarla! –añadió Beth con vehemencia–. Mel me nombró tutora de Sophie y te llevaré a los tribunales si hace falta.

La conversación con el médico le había desencadenado unos recuerdos dolorosos de Mel y los ojos se le llenaron con las lágrimas que había intentado contener. A Cesario se le encogió el corazón al verlo.

–Te equivocas. He contratado a Luisa porque has reconocido que estás agotada por no dormir y puedo ver que necesitas ayuda. Tu entrega a ella te ha enfermado. Si soy el padre de Sophie, te prometo que también la criarás.

¿Qué quería decir eso? ¿La dejaría vivir en el castillo o se limitaría a permitir que la visitara ocasionalmente? Se mordió el labio y miró por la ventanilla.

–¿Adónde vamos?

–De compras, necesitas un vestido para esta noche.

–Ni hablar. Es posible que la ropa que llevo no sea de alta costura, pero es digna. No puedo permitirme comprarme un vestido que no volveré a ponerme y, desde luego, no voy a dejar que me compres nada.

–¡Por Dios! Sacarías de quicio a un santo y yo nunca lo he sido –gruñó Cesario.

Hubo algo en su tono que le alteró el pulso y cuando lo miró y vio el brillo en sus ojos, debería haber adivinado sus intenciones. Debería haberse resistido cuando le rodeó la cintura con un brazo y la estrechó contra él, pero tenía el recuerdo de su beso grabado en el alma y, cuando la besó posesivamente, perdió la batalla antes de que empezara. Se resistió unos segundos, pero le separó los labios implacablemente y decidido a deleitarse con su dulzura. Arrastrada por un deseo que no acababa de entender, reaccionó con un anhelo que hizo que él gimiera. Cesario, al percibir su entrega, suavizó el beso, lo convirtió en uno profundamente sensual y tierno, tanto que no pudo contener más las lágrimas que habían amenazado con derramarse.

–No llores –le pidió él secándole las lágrimas de las mejillas con los pulgares–. Sé cuánto quieres a Sophie y no te separaré de ella independientemente del resultado de la prueba.

–Si eres su padre, dijiste que querías que se criara en Cerdeña, pero yo vivo en Inglaterra.

Sería mucho más fácil que Sophie no fuese hija de Cesario, pero sabía que estaba siendo egoísta. También sería mucho mejor que fuese la hija de un multimillonario.

–Lo arreglaremos de alguna manera –le tranquilizó Cesario.

No sabía cómo, pero el miedo de Beth le había encogido el corazón y el remordimiento se adueñó de él al recordar la desesperación de Raffaella por conseguir la custodia de Nicolo y la decisión de él por conservarlo. No hubo vencedores en aquella encarnizada batalla. Miró a Beth y la acercó para que apoyara la cabeza en su hombro.

–Te doy mi palabra de que siempre tendrás un sitio en la vida de Sophie.

La decoración del cuarto de los niños, como la de toda la casa, era completamente blanca. Seguramente sería muy elegante, pero, para Beth, no era tan acogedor como el del castillo. A Sophie, sin embargo, parecía darle igual y se había quedado dormida después del biberón de la tarde. Beth se inclinó sobre la cuna y la besó con cariño en la mejilla.

–Se ha bebido todo el biberón y se ha dormido sin rechistar –le comunicó Luisa–. La cuidaré muy bien mientras están fuera, por favor, no se preocupe por ella –la niñera sonrió–. Es un vestido precioso, señorita Granger.

–Llámame Beth, por favor.

Luisa era muy afable y Beth congenió enseguida con ella. Además, si era sincera, era un alivio descargar algunas responsabilidades en una niñera tan experimentada.

–Es un vestido impresionante, ¿verdad? –preguntó ella mirándose al espejo–. Sin embargo, nunca me he vestido de rojo y no sé si sabré llevarlo.

Ya le había expresado esa misma duda a la estilista que había contratado Cesario para que la acompañara por Via Condotti, donde estaban las mejores tiendas de ropa. La estilista la convenció para que se probara docenas de prendas, pero ella, aterrada por los precios, se negó a comprar nada con la tarjeta de crédito que le había dado Cesario y solo accedió, a regañadientes, a comprar el vestido rojo porque estaba impaciente de volver con Sophie.

—Con su figura tan esbelta, el vestido le queda maravillosamente —comentó la estilista.

Luego fueron a una peluquería y salón de belleza y Beth, para su sorpresa, disfrutó con la desconocida experiencia de que la mimaran.

—No puedo creerme que esté tan elegante —le dijo a Luisa.

La estilista le recomendó que se peinara el pelo a capas y que se pusiera un poco más de maquillaje para la noche. Unas sandalias de tacones plateadas y un bolso de mano completaban la vestimenta. Se miró por última vez en el espejo y fue a buscar a Cesario. Él estaba esperándola en el salón. Estaba impresionante con un esmoquin negro y una camisa de seda blanca. Beth se quedó parada en la puerta y se le aceleró el corazón cuando la miró con los ojos entrecerrados. Sin embargo, captó el brillo de sus ojos cuando se acercó a ella.

—*Bellissima!* Me has dejado sin respiración —dijo él con una intensidad que la estremeció.

La tensión sexual entre ellos era casi palpable. Beth tomó aliento.

—Es por el vestido —murmuró ella.

—No, es por ti. Te encontraría más hermosa todavía sin el vestido —los ojos de él dejaron escapar un brillo muy elocuente—. Si quieres que te lo demuestre...

Beth sintió que se abrasaba por dentro solo de imaginarse que le bajaba los finos tirantes.

—¿No dijiste que teníamos que salir a las siete? —preguntó ella precipitadamente.

—Tengo que añadir algo a tu conjunto antes de que nos marchemos.

Sacó un estuche de terciopelo del bolsillo de la chaqueta, lo abrió y le mostró una hilera de piedras resplandecientes.

–Cuando lo vi en el escaparate de la joyería, supe que sería perfecto para ti. No es ostentoso ni recargado. Solo es un diseño perfectamente engarzado que permite que las piedras brillen.

Como brillaba la belleza subestimada de ella, se dijo Cesario sintiendo una punzada de deseo mientras le apartaba el pelo para ponerle el collar.

–Es precioso –comentó Beth mirándose al espejo–. Podrían pasar por diamantes verdaderos.

–Son verdaderos. ¿Creías que eran cuentas de cristal? –le preguntó él en tono burlón.

–¿Verdaderos? –preguntó ella con espanto–. Costará una fortuna. No puedo aceptarlo.

–Todo el mundo se arregla para los estrenos en el Teatro de la Ópera y no creo que quieras estar fuera de lugar...

Cesario no podía explicarse a sí mismo, y mucho menos a ella, por qué había comprado el collar. Captó una tristeza enorme cuando ella habló de su amiga Mel y supuso que su vida en el centro de acogida no debió de ser muy feliz. Le gustaba conseguir que sonriera, pero en ese momento, cuando ella sabía que los diamantes eran verdaderos, su mirada no reflejaba placer, sino cautela.

–Disfruta esta noche con el collar, pero no te preocupe que pueda significar algo –le aconsejó él con naturalidad–. Se espera que lleves joyas y como no las tienes, yo te he proporcionado una. Nada más.

Él observó los sentimientos que se reflejaron en sus ojos, el alivio seguido por cierta decepción que disimuló inmediatamente.

–Cuando me miras así, solo quiero llevarte a mi cama... –añadió él con voz ronca.

–No deberías decir esas cosas... –empezó a decir ella en tono indignado.

Sin embargo, no pudo acabar la frase porque él le tomó la cara con una mano y la besó con una pasión que la dejó muda.

–¿Por qué no si es verdad? –le provocó él.

Sin embargo, en vez de besarla otra vez, como deseaba ella, abrió la puerta para que saliera.

–Vámonos antes de que mi fuerza de voluntad se ponga más a prueba.

Capítulo 8

BETH se quedó maravillada con la grandiosidad del Teatro de la Ópera. La sala, con forma de herradura, tenía palcos hasta la cúpula pintada con magníficos frescos y de la que colgaba una impresionante lámpara de cristal. Se tambaleó por los tacones y Cesario la agarró del brazo.

–¿Te pasa algo? –le susurró él al oído.

–Estoy abrumada –reconoció ella–. No había estado nunca en un teatro. Es increíble –Beth miró a la gente que tomaba sus asientos–. Ahora entiendo por qué te empeñaste en que me arreglara. Las únicas personas que he visto con tantas joyas son los traficantes de drogas de mi barrio.

Él farfulló algo en voz baja y le rodeó la cintura con un brazo.

–¿Por qué vives allí?

–Porque es el único sitio donde puedo pagar un alquiler.

–No quiero que vuelvas allí –dijo Cesario con aspereza–. Te encontraré un sitio más seguro para que críes a Sophie aunque no sea hija mía.

Beth no podía soportar que las considerara una cuestión de beneficencia.

–Si resulta que ella no es responsabilidad tuya, ¿por qué iba a preocuparte lo que le pasara?

Cesario se dio cuenta de que le preocupaba. Sophie, con sus ojos marrones y su mata de pelo oscuro despertaba su instinto protector. Cuando la tenía en brazos, no se planteaba si era hija suya o no. Estaba seguro de una cosa: independientemente del resultado de la prueba de ADN, no iba a permitir que Beth y el bebé volvieran a un bloque de pisos en un barrio de Londres dominado por la delincuencia.

Tenían un palco privado desde donde se veía perfectamente el escenario. Beth se sintió transportada por la trágica historia de dos enamorados contada con la elegancia del ballet, pero no podía olvidarse del hombre que tenía sentado al lado. Lo miró de reojo y, a la tenue luz del teatro, pudo ver cómo le subía y bajaba el pecho y cuando sus muslos se rozaron porque él cambió de posición, sintió algo muy parecido a una descarga eléctrica.

–¿Te está gustando? –le preguntó él durante el descanso y antes de pedir una copa de champán en el bar.

–Es la noche más mágica de mi vida –Beth se sonrojó al darse cuenta de lo pueblerina que parecía–. Siento que se lo haya perdido tu secretaria personal, pero gracias por invitarme.

Ella lo miró fijamente y con sorpresa cuando vio que él también se sonrojaba.

–Bueno, no dije toda la verdad sobre la idea de haber traído a Donata.

–¿Qué quieres decir?

–Quiero decir que compré las entradas para ti.

Beth abrió los ojos como platos y el corazón se le aceleró. El bar estaba lleno, pero las voces, las risas o el tintineo de las copas de vino parecían llegar de muy lejos, como si solo existieran Cesario y ella en un mundo propio y privado.

–¿Por qué has hecho algo tan maravilloso? –susurró ella.

–Porque esperaba que te hiciera sonreír –él la miró con una expresión que hizo que le bullera la sangre–. Tienes una sonrisa preciosa, Beth Granger.

Ella esbozó esa sonrisa tímida que tanto lo alteraba y sintió que el deseo y algo más le atenazaban las entrañas. Quería besarla, lo quería tanto que le daba igual que estuvieran rodeados de gente aunque le espantaba hacer demostraciones en público. Beth lo había conquistado y en ese momento le daba igual quién lo supiera. Quería notar cómo separaba los labios para que pudiera introducir la lengua en su boca. Ella lo miraba y él supo, por su absoluta inmovilidad, que deseaba lo mismo. Bajó la cabeza, con el corazón desbocado, y le rozó los labios con los suyos. Oyó que ella tomaba aliento y sintió un arrebato de cariño mezclado con una avidez incontenible.

–¡Cesario!

Se oyó la voz de una mujer seguida por una parrafada en italiano. Cesario apartó la boca y dejó escapar un improperio entre dientes.

–Lo siento, *cara*, pero estás a punto de conocer a Allegra Ricci, promotora de muchos actos benéficos y una de las mayores cotillas de Roma. No lo hace por malicia, pero le gusta hablar de los asuntos de los demás. Su marido es buen amigo mío. Afortunadamente para Gilberto, es duro de oído o, al menos, finge serlo cuando está con su esposa –añadió Cesario con ironía.

Cesario se irguió y saludó con frialdad a una mujer algo mayor que se acercaba a ellos con un vestido de seda azul eléctrico y demasiado ceñido.

–Buenas noches, Allegra. ¿Has venido con Gilberto?

–No –ella agitó la mano con desdén–. No le gusta el ballet y he venido con mi hermana.

Allegra, siguiendo la iniciativa de Cesario, estaba hablando en inglés, pero no lo miraba. Sus penetrantes ojos negros estaban clavados en Beth.

–¿Quién es tu encantadora acompañante, Cesario? Creo que no nos hemos conocido...

–Te presento a Beth Granger –contestó Cesario sin darle más información.

–¿Estás pasando la vacaciones en Roma?

Beth, ante una pregunta tan directa, no tuvo más remedio que contestar.

–En realidad, estoy en Cerdeña, en el Castello del Falco.

–Será mejor que volvamos a los asientos –intervino Cesario mirando el reloj–. Dale recuerdos a Gilberto.

Cesario se despidió con la cabeza y se llevó a Beth con firmeza. El alivio le duró poco. Tenía que pasar inevitablemente por el cuarto de baño y vio con horror que Allegra la seguía.

–Entonces, ¿estás invitada en casa de Cesario? –preguntó la mujer–. Qué raro... Nunca había invitado a sus amigas al castillo. Siempre solventa sus asuntos aquí, en Roma, y es sabido que nunca conserva mucho tiempo a sus amantes –miró a Beth en el espejo y sonrió con una amabilidad inusitada–. Eres muy joven. Discúlpame por decírtelo, pero me temo que Cesario te queda grande. Sé que es encantador, pero he oído decir que también tiene una parte tan despiadada como la de sus bárbaros antepasados. Su esposa la descubrió cuando la expulsó del castillo y no le permitió ver a su hijo pequeño. No se puede reprochar a la pobre Raffaella que quisiera llevarse a Nicolo. ¿Qué madre soportaría que la separaran de su hijo? Naturalmente, fue una tragedia que los dos murieran y la terrible ironía del destino para Cesario es que Raffaella y Nicolo estén enterrados juntos en la capilla del castillo y él esté solo.

Beth intentó concentrarse en el ballet durante la segunda parte, pero no podía dejar de darle vueltas a los insidiosos comentarios de Allegra Ricci sobre el accidente que le costó la vida al hijo y a la esposa de Cesario. ¿Por qué había separado a Raffaella de su hijo pequeño? Nicolo solo tenía dos años cuando murió. A esa edad necesitaba a su madre...

No pudo hablar de vuelta al piso de él y Cesario también parecía absorto en sus pensamientos mientras la limusina se abría paso entre el denso tráfico aunque era casi medianoche.

Cuando llegaron y Beth fue directamente al cuarto de Sophie, la niñera le informó de que la niña no se había movido en toda la noche.

—Me iré a la cama ahora que has llegado —susurró Luisa.

Beth se quedó inclinada sobre la cuna para oír la suave respiración de Sophie. Ese mismo día, se sintió aliviada cuando Cesario le prometió que no la separaría de Sophie independientemente del resultado de la prueba de paternidad. Sin embargo, después de la conversación con Allegra Ricci, estaba muy preocupada. Allegra lo había descrito como despiadado y se estremecía al verlo montado en su caballo negro con el halcón en el brazo. Era tan inflexible como los muros del castillo y haría mal en olvidarlo.

Estuvo tentada de llevarse a Sophie inmediatamente del piso, pero el sentido común la detuvo. No conocía Roma, no hablaba italiano y tampoco tenía dinero ni los pasaportes. Estaba atrapada allí, como lo estuvo en el castillo. Además, aunque consiguiera escapar, ¿qué vida iba a ofrecer a una niña en una zona deprimida de Londres que era la única donde podía vivir? Sería mucho mejor que Cesario fuese su padre. Lo esencial era el bienestar de Sophie. Sin embargo, no podía desdeñar el temor a que la apartara de la niña como, al parecer, apartó a su esposa de su hijo.

Lo encontró en su despacho con una copa de brandy en la mano y mirando por la ventana. Se había quitado la chaqueta y la corbata y, a pesar de las advertencias de Allegra, sintió la conocida debilidad que no tenía nada que ver con su anemia y mucho con ese hombre de expresión enigmática se había adueñado de sus pensamientos.

—¿Qué tal está Sophie? —le preguntó él dándose la vuelta.

—Dormida. Según Luisa, no la ha oído en toda la noche. Voy a acostarme.

Por algún motivo ridículo, se sonrojó y el corazón se le aceleró cuando él se le acercó.

—¿Quieres beber algo para dormir mejor? —ella negó con la cabeza—. ¿Te he dicho lo guapa que estás esta noche?

—Varias veces.

Beth sonrió porque la voz le había temblado ligeramente y contuvo el aliento cuando él, con naturalidad, le tomó un mechón de pelo entre los dedos. El brillo de su mirada la estremeció y cerró los ojos mientras intentaba contener la excitación que despertaba en ella.

—Había venido a devolverte el collar, pero no puedo abrir el cierre.

–Date la vuelta y levántate el pelo.

Ella obedeció y se quedó rígida mientras sus dedos le rozaban el cuello. Notó su cálido aliento y sintió un escalofrío cuando le pasó los labios por detrás de la oreja. El silencio era tal que estaba segura de que tenía que oír los latidos de su corazón. Supo que estaba esperando una señal de ella, que, si giraba mínimamente la cabeza, la tomaría entre los brazos y la besaría con una pasión que solo podría acabar de una manera. La tentación de dejarse llevar por el deseo que la derretía por dentro era enorme. Se le detuvo el pulso cuando él le bajó un tirante y le recorrió un hombro con los labios. Sabía que él podía ver sus pezones endurecidos contra la ceñida seda del vestido y se imaginó que le tomaba los pechos con las manos. ¿Así, con esa destreza de seductor impenitente, tentó a Mel para que se acostara con él? ¿Qué pasaría si se dejaba llevar por el deseo que la abrumaba? ¿La trataría con el mismo desdén con el que trató a Mel? Se acordó de que Allegra dijo que era despiadado como sus bárbaros antepasados, que había expulsado a la pobre Raffaella del castillo y que no le había permitido ver a su hijo...

Cesario la soltó y agarró el collar cuando cayó de su cuello. Ella se soltó el pelo y se apartó precipitadamente de él. Se fijó en una foto que tenía en la mesa y la tomó con una mano temblorosa.

–¿Es tu hijo?

El parecido era evidente aunque era un niño muy pequeño. Era un niño encantador con una mata de rizos negros indomables, unos llamativos ojos grises y una sonrisa muy alegre.

–Sí –contestó Cesario en un tono tenso antes de acabarse el brandy de un sorbo–. Es Nicolo.

Había otra foto de Nicolo con una mujer de pelo

moreno. Beth comprendió, por cómo miraba a Nicolo, que era Raffaella.

–Tu esposa era muy guapa.

–Sí, supongo...

Su indiferencia fue gélida y Beth tragó saliva con un deseo incontenible de saber los secretos de su pasado.

–Me dijiste que no la amabas. Entonces, ¿por qué te casaste con ella?

Él la miró fijamente con los ojos entrecerrados. Los segundos fueron pasando y ella comprendió que había traspasado un límite invisible, que no contestaría. Él tomó la botella de brandy, se sirvió una copa y vació la mitad de un sorbo.

–Fue un acuerdo mercantil, una fusión entre las dos familias, los Piras y los Cossu, que formó el banco privado más grande y próspero de Italia. Me criaron en la creencia de que el poder lo es todo –siguió él en tono áspero ante la mirada atónita de ella–. Sabía que el matrimonio con Raffaella Cossu me daría la oportunidad de reunir un poder que le parecería impresionante hasta a mi padre –Cesario dejó escapar una risotada amarga–. Mi arrogancia me impidió darme cuenta de que todo tiene un precio. Mi padre me enseñó que los sentimientos son una debilidad y que el amor es un inconveniente, algo que atormenta a los inferiores, pero nunca a un Piras.

Cesario dio otro sorbo de brandy que le abrasó la garganta. Sabía por experiencia que una botella del licor podía conseguir que olvidara por un rato los demonios que lo perseguían. Desde la muerte de Nicolo, hubo momentos en los que solo podía encontrar consuelo en el alcohol. Nunca había expresado su dolor,

ni a sus mejores amigos. Tenía profundamente grabadas las lecciones de su infancia.

Sin embargo, esa noche no podía dominar sus sentimientos por primera vez desde que era muy pequeño. Había algo que estaba brotando en él, era una
necesidad casi imperiosa de expresar sus sentimientos,
de liberar el dolor que le atenazaba el alma. Era Beth.
Lo había hechizado con sus ojos verdes y hacía que
sintiera cosas que no quería sentir. Sin embargo, nunca
había conocido una ternura natural como la suya. Había presenciado su compasión y tenía la sensación de
que no lo juzgaría si le hablaba de Nicolo.

—¿Raffaella estaba enamorada de ti? —preguntó ella
intuitivamente y con delicadeza.

Él creyó que era el momento de ser sincero y de
afrontar los errores del pasado.

—Es posible —reconoció él con pesadumbre—, al
principio de nuestro matrimonio. Sin embargo, llegué
a no saberlo. No hablaba nunca de sus sentimientos y
me convenía dar por supuesto que se conformaba con
una relación basada en la amistad y el respeto. El amor
era un sentimiento que yo desconocía, algo que había
aprendido a despreciar. No sabía que pudiera sentirlo
hasta que tuve a mi hijo recién nacido en brazos y
comprendí que no hay nada tan poderoso como el amor
—Cesario vació la copa y fue hasta la ventana para mirar la luna creciente—. Habría muerto por Nicolo. Era
el único motivo que tenía para vivir, no me importaba
nada más, ni el poder ni el dinero ni el banco. Lo amaba
más allá de la razón. Lo que no entendí fue que Raffaella lo amaba tan profundamente como yo.

—Allegra Ricci me contó que expulsaste a Raffaella
y no le permitiste ver a Nicolo.

–No es verdad. Raffaella tuvo una aventura y quiso dejarme por su amante. No puedo reprochárselo. No pude darle el matrimonio que deseaba o se merecía. Sin embargo, tampoco podía permitir que se llevara a nuestro hijo. La idea de vivir lejos de él, de ser un marginado en su vida mientras otro hombre adoptaba el papel de padre para él me destrozó. Estaba dispuesto a compartir la custodia. Me separaron de mi madre cuando era pequeño y me parecía vital que Nicolo pasase el mismo tiempo con su madre que conmigo. No obstante, también me parecía que era mejor que su hogar principal fuese el Castello del Falco. Raffaella no opinaba lo mismo y quería por todos los medios que viviese con ella. La relación se deterioró y las peleas fueron más agrias cada vez –Cesario se aclaró la voz ronca–. Después de una discusión especialmente violenta, Raffaella agarró a Nicolo y se escapó con él. Estaba lloviendo y seguramente conducía demasiado deprisa –lo dijo en un tono inexpresivo–. Oí el impacto y es un ruido que todavía me persigue en sueños. Supuse lo que había pasado y, mientras corría, recé para que me hubiera equivocado. Sin embargo, mis temores se convirtieron en mi peor pesadilla cuando vi que el coche se había salido de la carretera y había caído por la ladera de la montaña –oyó que a Beth se le cortaba la respiración, pero una vez abiertas las compuertas, no podía contener las palabras–. Conseguí bajar agarrándome a rocas y raíces de árboles. El coche había volcado y estaba boca abajo. Vi inmediatamente que Raffaella estaba muerta, pero Nicolo... Recé para que estuviera vivo.

–Dios mío... –susurró Beth.

Quiso acercarse a él y tomarle la mano para consolarlo, pero algo le dijo que necesitaba liberar esos recuerdos que lo atormentaban, que quizá fuese la primera vez que hablaba de eso.

—Tuve que romper el cristal con los puños para sacarlo. Ni siquiera noté el cristal que me cortó la cara —Cesario se pasó la mano por la cicatriz y su voz se convirtió en un susurro ronco—. Estaba fuera de mí por salvar a mi hijo, por tenerlo en brazos y verlo sonreír, por oír cómo me llamaba «papá». Sin embargo... estaba muerto.

A Beth le caían las lágrimas por las mejillas, pero se las secó mientras cruzaba la habitación para quedarse delante de él. Le partía el corazón ver ese rostro esculpido en piedra desencajado por el dolor. ¿Cómo había podido pensar que no tenía sentimientos? En ese momento supo que su forma de sobrellevar el dolor devastador por haber perdido a su hijo había sido enterrar los sentimientos en lo más profundo de su ser. Sin embargo, esa noche, el sufrimiento estaba expuesto con toda su crudeza y lo abrazó con fuerza llevada por el deseo de consolarlo y de que comprobara que entendía su dolor. Él se quedó rígido por un instante, pero luego, también la abrazó y ella notó que se desvanecía algo de la espantosa tensión que lo atenazaba.

—El accidente fue por mi culpa.

—¡No! ¿Cómo puedes decir eso? Raffaella...

—Raffaella se debatía entre al amor por el hombre del que se había enamorado y el amor por su hijo. Yo, por el bien de Nicolo, debería haber intentado con más ahínco haber alcanzado un acuerdo para que ella también lo criara en vez de empujarla hacia un acto desesperado que acabó en tragedia.

Cesario se apartó, fue a la mesa, se sirvió otra copa de brandy y se dejó caer en el sofá. Ella se acurrucó a su lado y él le pasó un brazo por los hombros como si necesitara el contacto físico.

–La fiesta para celebrar la inauguración de la filial del banco en Londres fue el año pasado en el aniversario de la muerte de Nicolo. Yo no quería ir, pero tuve que cumplir con mi obligación –Cesario giró el líquido ambarino en la copa–. No era la primera vez que bebía para entumecerme la cabeza. Solo Dios sabe lo que bebí esa noche. Me avergüenza reconocer que no me acuerdo de Melanie Stewart. La prueba de ADN dirá si me acosté con ella. Si es verdad, no puedo justificar mi actuación y lamento mucho no haberla tratado con respeto y consideración.

–No creo que nadie pueda reprocharte que bebieras demasiado cuando sufrías tanto por tu hijo –replicó Beth con comprensión–. Algunas veces, la única manera de sobrellevar los recuerdos dolorosos es arrinconarlos –Beth tragó el nudo que tenía en la garganta–. Creo que Mel lo habría entendido.

Como lo entendía ella. Cesario no había despreciado intencionadamente a Mel. El corazón se le encogió cuando vio que tenía las pestañas húmedas. Le dolía ver a ese hombre imponente tan vulnerable y sintió remordimientos por haberse metido en su intimidad.

–Me iré –susurró ella–. Querrás estar solo.

Cesario miró los delicados ojos verdes de Beth y sintió que la opresión del pecho se disipaba un poco. Llevaba cuatro años solo y había llorado a su hijo de la única forma que sabía, dejando a un lado el dolor y no expresando sus sentimientos. No podía explicar por qué se había abierto a una mujer que casi no conocía, pero, en cierto sentido, le parecía que había conocido a Beth desde siempre y confiaba en ella más de lo que había confiado en ningún otro ser humano.

¿De dónde se había sacado eso? Su pelo sedoso le rozó la mejilla y olió a limones. Cerró los ojos e inhaló con fuerza. Todavía notaba el regusto amargo de las lágrimas en la garganta, pero haber hablado de Nicolo le había dado una extraña sensación de liberación.

–Quédate un rato –le pidió él abrazándola con más fuerza.

Cesario había vuelto al castillo. Beth oyó el ruido del helicóptero mientras miraba los primeros rayos del amanecer. Se alegró de volver a verlo, pero también sintió cierto temor.

Habían pasado tres días desde que se despertó en el piso de Roma con el vestido rojo que llevó al ballet. Comprendió que debió de haberse quedado dormida en el sofá y que él la había llevado a su cuarto. La doncella le informó de que él ya se había ido al banco y de que lo había organizado todo para que ella volviera al castillo con Sophie y Luisa Moretti. Ella se preguntó si la habría eludido intencionadamente y lamentaba haberle confesado sus sentimientos. Demasiado inquieta para quedarse en la cama, se levantó de un salto y abrió el armario. La ropa nueva que encontró allí cuando volvió de Roma, era algo que tenía que tratar con Cesario. El vestido rojo fue necesario para ir al ballet, pero no podía aceptar toda esa ropa de seda, de cachemir y de preciosos colores que contrastaban con las prendas anodinas que había llevado.

Por el momento, tenía que elegir algo entre las muchas posibilidades. Su ropa había desaparecido y Carlotta no contestó cada vez que le preguntó qué había pasado con ella. Tomó un vestido azul claro, fue al cuarto de baño, se duchó y se vistió. Había dado el biberón a Sophie a las cinco de la mañana y dormiría varias horas. Salió del cuarto y fue apresuradamente hasta la puerta principal, que daba al patio. El cielo estaba despejado aunque las cimas de las montañas estaban cubiertas por las nubes. Había querido ir a sentarse en el jardín de la parte trasera del castillo, pero oyó los cascos de unos caballos, miró por encima del hombro y se le cortó la respiración cuando vio que Cesario entraba a caballo en el patio. Vestido todo de negro y con el pelo largo y resplandeciente como el ala de un cuervo, parecía uno de sus antepasados medievales, sobre todo, porque llevaba a Grazia, su halcón, en el hombro. Su rostro era impenetrable y la cicatriz hacía que entrecerrara los ojos. Se detuvo delante de ella, quien se preguntó con desesperación si alguna vez podría librarse de su hechizo.

—Has vuelto –le saludó ella sonrojándose por la necedad del comentario–. Quiero decir, no sabía hasta cuándo te quedarías en Roma.

Cesario se dio cuenta de que ella había sentido el mismo arrebato de placer que lo había abrasado por dentro cuando la vio en las escaleras del castillo.

—Gracias a la tecnología, puedo trabajar desde el castillo, pero tuve que quedarme un par de días en Roma para ocuparme de algunos asuntos –la miró con detenimiento–. Acabo de pasar por la capilla. Supongo que fuiste tú quien puso flores en la tumba de Nicolo...

—Sí. Espero que no te importe que también las pusiera en la tumba de Raffaella –ella lo miró con incertidumbre–. Siento lástima por ella. Murió muy joven y en circunstancias trágicas.

—¿Por qué iba a importarme? –preguntó él con

calma–. Sé que tienes un corazón blando. Me han contado que tu perro te sigue como una sombra.

Cesario no parecía molesto pese al tono serio. Había algo distinto en él. Parecía más relajado y en paz consigo mismo. Él sonrió y a ella le dio un vuelco el corazón. Era la primera vez que lo veía sonreir con franqueza y la sensualidad de su mirada hizo que sintiera un anhelo inmenso.

–Acompáñame –le pidió él tendiéndole la mano–. No hay nada tan bonito en el mundo como las montañas en una mañana despejada.

–No estoy vestida para montar a caballo –susurró ella.

Sin embargo, contuvo el aliento cuando la agarró y la sentó en la silla de montar delante de él.

–Es posible, pero estás muy guapa, *cara mia*. Ese vestido te sienta muy bien.

Beth no pudo pensar en nada mientras cabalgaban por al patio con su cuerpo grande y pétreo pegado a ella. Sin embargo, no podía permitir que la abrumara.

–En cuanto a la ropa que ha aparecido por arte de magia en mi armario, no puedo permitir que me la regales, de modo que me temo que tendrás que devolverla.

–La verdad es que a mí no me importa que te pasees desnuda por el castillo –le susurró él al oído.

La calidez de su aliento hizo que se derritiera por dentro.

–No voy a ir desnuda, naturalmente, me pondré mi ropa.

–Va a ser complicado porque le pedí al jardinero que la quemara.

Ella se dio la vuelta para mirarlo con furia.

–¿Puede saberse por qué has hecho eso?

–Porque eres demasiado exquisita para vestirte como un gorrión insignificante –él sonrió al ver su expresión de asombro–. Ahora, deja de discutir y dime qué te parecen las vistas.

El caballo los había llevado por un sendero serpenteante en la ladera de la montaña y habían llegado a un prado bordeado por un arroyo cristalino que discurría entre las rocas. El halcón había aguantado pacientemente en su hombro, pero cuando le dio la orden, extendió las alas y se elevó con una velocidad y elegancia increíbles.

–Es fantástico –murmuró Beth mirando alrededor.

Las cimas de roca emergían entre unos bosques muy tupidos que cubrían las laderas y abajo podía verse Oliena con sus casas cuadradas de ladrillo y tejados de terracota.

Cesario desmontó y la tomó para bajarla al suelo.

–Aquí me siento más cerca de Nicolo –reconoció él mientras extendía una manta en el suelo y se sentaban–. Ahora tendría seis años y me lo imagino subiendo aquí conmigo montado en su poni o dando patadas a un balón en el patio –se quedó un instante con la mirada perdida en el infinito, pero se volvió otra vez hacia ella–. He estado pensando en mi hijo desde que hablamos el otro día y, por primera vez desde el accidente, he podido mirar fotografías de él y recordarlo con alegría. La tristeza permanece, siempre lo añoraré, pero tengo muchos recuerdos felices de él y no quiero relegarlos más. Quiero compartirlos.

–Háblame de Nicolo –le pidió ella tomándole la mano instintivamente.

Perdieron la noción del tiempo mientras hablaban. Él le contó cariñosos recuerdos de Nicolo y ella le habló del nacimiento prematuro de Sophie y de lo mal que lo pasó mientras el bebé estaba en una unidad de cuidados intensivos. También le habló del dolor por la muerte de Mel y de su amistad, que empezó en un centro de acogida para niños. Notó una brisa fría, miró alrededor y se sorprendió al comprobar que el sol había desaparecido entre las nubes.

–¿Crees que va a llover?

–Sin duda.

Cesario miró hacia la cima de la montaña y Beth se quedó boquiabierta al mirar también y ver unos amenazantes nubarrones negros. Se oyó un trueno tan estruendoso como un cañonazo y empezaron a caer unas gotas enormes que los empaparon enseguida.

–Vamos.

Cesario la subió al caballo y se montó detrás de ella.

–¿Y Grazia? –preguntó Beth con nerviosismo.

Cesario hizo sonar un silbato y el ave se posó en su hombro unos segundos después. Azuzó al caballo, pero en vez de descender, subió entre los árboles hasta que llegó a un claro del bosque donde había una cabaña.

–¡Entra! –le gritó él para que la oyera entre la lluvia torrencial.

Beth, empapada y temblorosa, corrió a cobijarse mientras él llevaba al caballo y al halcón a una cuadra. La cabaña solo tenía una habitación con unos fogones, una mesa con un par de sillas y, en un rincón, una anticuada cama de hierro. Se había intentado que fuese acogedora con alfombras de colores y unas sábanas de algodón blanco en la cama.

–¡Qué diluvio! –exclamó Cesario al entrar mientras se agitaba el pelo.

Desapareció un instante por una puerta y volvió a

salir enseguida para tirarle una toalla a ella. Ya se había quitado la camisa y los ojos de Beth se clavaron en las gotas de agua que tenía en el vello negro del pecho. Él frunció el ceño cuando ella no se secó. Estaba tiritando.

–Vamos, tienes que quitarte la ropa mojada.

Cesario se acercó a ella y empezó a deshacerle el nudo del cinturón.

–No...

El cambio del sol a la lluvia había sido tan brusco que estaba temblando y casi no podía ni hablar. Intentó apartarle las manos, pero él no hizo caso y consiguió soltarle el cinturón.

–No llevo... –ella no consiguió acabar la frase porque él le abrió el vestido y resopló– sujetador.

–Eso veo –él, sin apartar la mirada de su cuerpo, dejó caer al suelo el vestido mojado–. Madre mía, eres exquisita.

Capítulo 9

LA AVIDEZ primitiva que transmitía la voz de Cesario la estremeció. La lluvia golpeaba en el tejado, pero el silencio entre ellos era tan profundo que estuvo segura de que él podía oír los latidos desbocados de su corazón. Cesario levantó una mano y le acarició levemente las clavículas y luego, lenta y delicadamente, como si tuviera miedo de que pudiera romperse, bajó los dedos hasta su pecho. Ella contuvo el aliento mientras le recorría el pequeño contorno. Tenía los ojos entrecerrados, pero ella vislumbró el brillo salvaje y no pudo contener un ligero gemido cuando alcanzó un pezón. La sensación de sus dedos rozándole la sensible carne fue tan intensa que una descarga ardiente le llegó hasta el vientre.

–Eres hermosa, Beth.

Su voz profunda y sensual la acarició como si fuese de terciopelo. Le tomó el otro pecho y ella dejó escapar un sonido gutural cuando le acarició el pezón endurecido entre el índice y el pulgar.

–Te deseo, eres como un veneno en mi sangre. Tú también me deseas. Tu cuerpo no miente, *cara mia* –afirmó él tajantemente–. La atracción brotó entre nosotros desde que nos conocimos y no podemos pasarlo por alto ni un minuto más.

Beth se reconoció que era verdad. Sintió una sintonía inexplicable con él cuando lo vio la noche que llegó al castillo. Recordó que sintió como si una flecha le atravesara el corazón y volvía a sentirla en ese momento, pero ya sabía qué era. Era amor. Había mirado a los ojos grises como el granito de Cesario y se habían apoderado de ella para siempre. Naturalmente, se lo había negado a sí misma. El amor a primera vista solo ocurría en los cuentos de hadas y Cesario no era un príncipe, era un playboy despiadado que estuvo tan bebido que ni siquiera se acordaba de haberse acostado con Mel. Se había convencido de que lo despreciaba, pero a medida de que fue enterándose de cosas de su pasado su corazón se ablandó al entender que el dolor por la pérdida de su hijo había hecho que se comportase de una manera que lamentaba.

–Beth...

La llamó con una voz ronca, como si temiera que su silencio significara que se había equivocado al creer que ella también lo deseaba. Notó la tensión en su mandíbula y le acarició la cicatriz con una mano temblorosa.

–¿Me equivoqué al creer, al esperar, que el fuego que me abrasa por dentro también te abrasa a ti?

–No –susurró ella–, no te equivocaste.

Se puso de puntillas y lo besó. La abrazó y la estrechó contra sí para sentir sus pezones sobre el vello que le cubría el pecho. Fue una sensación tan deliciosamente erótica que ella contuvo el aliento. Él la besó con una voracidad que le indicó que no podría echarse atrás. Iba a poseerla y ella agradecía su avidez incontenible. Separó los labios para que introdujera la lengua y luego volvió a contener el aliento cuando separó la boca para besarle el cuello. Le acarició los pechos otra vez y entonces, ante su asombro y deleite, bajó la cabeza, le tomó un pezón entre los labios y se lo succionó hasta que el placer fue casi insoportable. Dejó escapar un leve gemido y se aferró a él mientras le lamía el otro pezón hasta que estuvo duro como una piedra. Se estremeció por el deseo abrasador que se adueñaba de ella. Se derritió entre los muslos y anheló que la acariciara hasta alcanzar el alivio que su cuerpo le pedía a gritos.

La habitación osciló cuando Cesario la tomó en brazos y la llevó hasta la cama. La tumbó sobre las sábanas y la miró a los ojos mientras introducía lo dedos debajo de la cinturilla de las bragas. La sencilla prenda de algodón tenía algo increíblemente sexy. El miembro ya le oprimía contra los pantalones mientras le bajaba las bragas para desvelar el triángulo de rizos que ocultaba su feminidad. Quería que ella lo desvistiera y le acariciara la palpitante erección con sus delicadas manos, pero solo de pensarlo llegó a tal punto, que se desnudó con más precipitación que elegancia y se tumbó junto a ella. Le pasó los dedos entre el sedoso pelo, le tomó la cara entre las manos y volvió a besarla con sensualidad. Ella reaccionó con un anhelo cargado de dulzura que le atenazó el corazón. Sin embargo, aunque lo besaba con una pasión arrebatadora, parecía asombrosamente tímida y no lo acarició descaradamente como habría hecho una amante experta. Captó su cautela y algo le dijo que no había tenido muchos amantes.

Apretó las mandíbulas al acordarse de que su exempleador la había agredido sexualmente. No le extrañó que pareciese indecisa. Tenía que bajar el ritmo y excitarla con suavidad aunque tuviera que hacer acopio de todo su dominio de sí mismo. No recordaba haber estado tan excitado, pero Beth lo había hechizado con sus ojos verdes desde el principio y estaba entregado a su ensalmo.

A ella se le desbocó el corazón cuando la acarició lentamente por todo el cuerpo. Parecía no tener prisa y se relajó al darse cuenta de que estaba dominando su deseo. Se olvidó del desagradable recuerdo de Hugo Devington intentando tocarla groseramente. Confiaba plenamente en Cesario. La trataba con consideración y sabía que haría el amor con ella de forma respetuosa.

La excitación se adueñó de ella cuando le recorrió el abdomen con la punta de los dedos antes de bajarlos para separarle cuidadosamente las piernas. Era algo nuevo y maravilloso y contuvo la respiración mientras le acariciaba con una delicadeza exquisita la húmeda abertura. No sintió timidez, sino un deseo tan intenso que separó más las piernas y elevó las caderas para que introdujera un dedo entre los pliegues. Los músculos se relajaron lentamente y él pudo entrar más. Dejó escapar un gemido de placer cuando Cesario bajó la cabeza y le lamió los pezones sin dejar de acariciarla por dentro.

La realidad se desvaneció y se dejó llevar por las sensaciones que él despertaba en ella. Se agarró a las sábanas y todo su ser se concentró en el dedo que entraba y salía rítmicamente mientras el pulgar le rozaba con suavidad el clítoris.

—Acaríciame, *cara* —susurró él con voz ronca.

Abrió los ojos y el corazón se le aceleró al ver la avidez incontenible en sus ojos. Él le tomó una mano y la llevó a su turgente miembro. Era como acero envuelto en terciopelo y muy grande. ¿Sería demasiado grande para que cupiera en ella? Sintió una punzada de temor, pero su cuerpo también deseó algo más que las delicadas caricias de sus manos. Un anhelo desenfrenado estaba apoderándose de ella, un anhelo que solo se sofocaría cuando su poderosa erección sustituyera al dedo.

La besó lenta y profundamente y el cariño del beso alivió su temor. Confiaba en él y cuando la tomó por debajo del trasero para levantarla, dobló las rodillas y se abrió para él. El corazón se le desbocó cuando la punta empezó a abrirse paso entre su receptiva humedad.

Cesario dejó escapar un gruñido, pero en vez de empujar con más fuerza, se apartó y apoyó la frente en la de ella con la respiración entrecortada por el esfuerzo para dominarse.

—Tengo que protegerte, *cara* —dijo él incorporándose—. No te marches.

Atónita, lo vio cruzar la puerta que daba a un cuarto de baño diminuto. ¿Por qué la había dejado? ¿Había decidido no hacer el amor con ella? El cuerpo le palpitaba por el deseo insatisfecho. Sin embargo, volvió al cabo de unos segundos, se puso un preservativo en el dilatado miembro, se arrodilló y entró en la hendidura que le separaba los muslos.

—*Carissimma* —susurró él antes de detenerse ante la delicada barrera de su virginidad—. Beth... ¿Es la primera vez? —le preguntó mirándola a los ojos.

—Sí —contestó ella agarrándolo de los hombros con fuerza al notar que se apartaba—. ¿Vas a parar?

—¿Quieres que pare?

Ella negó con la cabeza.

—Quiero que seas el primero —reconoció Beth con sinceridad.

Cesario dejó escapar un suspiro entrecortado. Era una preciosidad y ya sería verdaderamente suya.

—Si lo hubiese sabido, habría ido más despacio.

Inclinó la cabeza y le tomó los pezones entre los labios. Oyó que ella gemía levemente y entró con mucho cuidado. Notó la resistencia de su cuerpo y la besó en la boca para recibir su leve lamento mientras rompía la delicada membrana y entraba en ella.

Beth pensó que encajaba perfectamente y se dejó llevar por la deliciosa laxitud mientras la punzada de dolor se esfumaba rápidamente. La llenaba, la completaba, y arqueó las caderas para recibir cada embestida de su erección. Al hacerlo, se dio cuenta de que estaba llevándola a un viaje de un placer tan intenso que esperaba que no acabase nunca. La laxitud dio paso a la premura y giró la cabeza en la almohada mientras entraba en ella con unas acometidas largas y rítmicas que la llevaron al límite de algo desconocido y la retenía allí jadeando su nombre mientras sentía los primeros espasmos. Vio las gotas de sudor en sus bronceados hombros y supo instintivamente que hacía un esfuerzo para dominar las exigencias de su cuerpo. Tenía la piel tersa sobre los prominentes pómulos y los ojos le brillaban con una voracidad primitiva que hizo que sintiera un arrebato de excitación por todo el cuerpo. Volvió a arremeter, con más fuerza todavía, y su delgado cuerpo se arqueó entre espasmos y una oleada de placer indescriptible. La agarró de las caderas y aceleró el ritmo hasta que también explotó con un gemido que le salió de lo más profundo del alma y hundió la cabeza entre el pelo de ella.

Cesario tardó en levantar la cabeza. Sus respiraciones entrecortadas fueron calmándose poco a poco y Beth se dio cuenta de que la lluvia ya era un leve tamborileo sobre el tejado de la cabaña. La tensión se adueñó de ella cuando Cesario se apoyó en los codos y la miró a los ojos con una expresión más enigmática que nunca. No sabía lo que esperaba. ¿Tenía que hacer algún comentario ingenioso o halagarle por su comportamiento? ¿Qué hacían dos personas que habían disfrutado con una relación sexual esporádica? El corazón le dio un vuelco por el alivio cuando sonrió levemente e inclinó la cabeza para besarla con cariño en la boca.

—Ha sido tu primera lección para hacer el amor... —él se rio levemente por la expresión de asombro de ella al notar su imponente erección contra la cadera—. Como notarás, soy un maestro impaciente y mi cuerpo está deseoso de darte la segunda lección.

—¿A qué esperas entonces? —preguntó ella osadamente al notar una oleada de calidez entre los muslos.

Él, para decepción de ella, se apartó y se levantó.

—Tengo que tener paciencia para que tu cuerpo se recupere de la irritación —Cesario volvió a besarla levemente en los labios—. Tenemos mucho tiempo, *cara*.

Beth no quería pensar en el tiempo. El resultado de la prueba de ADN se sabría al cabo de unos días y si Cesario no era el padre de Sophie, ella volvería a Inglaterra con la niña y, seguramente, no volvería a verlo jamás. Había demostrado cuánto la deseaba, pero no se hacía la ilusión de que quisiera algo más que una breve aventura con ella. Nerviosa, se sentó en el borde de la cama y, ante su espanto, vio una mancha de sangre en la sábana. Cesario volvió del cuarto de baño y ella se sonrojó cuando miró fugazmente la mancha.

—Lo siento. Cambiaré las sábanas...

Unas sensaciones contradictorias la abrumaron e, inexplicablemente, empezó a llorar.

—Querida... —Cesario la abrazó y el corazón se le encogió por la angustia de ella—. Las sábanas dan igual. Ven.

La llevó al cuarto de baño, donde estaba llenándose la bañera, y la introdujo entre las aromáticas burbujas. Beth dejó escapar un suspiro y notó que la tensión se disipaba.

—No sé por qué estoy siendo tan tonta.

Estaba abochornada por las lágrimas y se las secó inmediatamente.

—No eres tonta —le tranquilizó él con su voz profunda y aterciopelada—. Eres encantadora y mucho más inocente de lo que me había imaginado.

Sabía que debería tener remordimientos por haber acabado con su virginidad, pero no pudo lamentar la experiencia más conmovedora de toda su vida. Se sentía honrado porque lo había elegido y también tenía otra extraña sensación, como un resplandor dorado dentro de él que no sentía desde hacía mucho tiempo y que, para su sorpresa, se dio cuenta de que era felicidad.

—Puedo hacerlo yo sola —dijo Beth cuando Cesario se puso champú en la palma de la mano.

Él la miró a los ojos con una sonrisa que hizo que el corazón le diera un vuelco por el anhelo de que él... Se mordió el labio y se dijo que tenía que ser sensata. Que hubiera hecho el amor tan maravillosamente con ella no quería decir que la amara. Sin embargo, cuando la miraba de esa manera, no podía evitar pensar que la quería un poco.

—Dame el gusto —murmuró él.

Le lavó y le secó el pelo antes de sacarla de la bañera y arroparla con una toalla. Para ella era una novedad que la mimaran y se entregó al delicado contacto de sus manos mientras la secaba y la llevaba otra vez a la cama. Se tumbó al lado de ella, la besó, le separó los labios y se deleitó profunda y sensualmente.

Tenía la piel como la seda, pensó mientras le recorría el cuerpo con los labios y le lamía los endurecidos pezones antes de bajar entre las piernas y acariciarla de la forma más íntima posible. Ella contuvo el aliento y él sonrió sin dejar de utilizar la lengua y toda su destreza y paciencia hasta que gimió su nombre y alcanzó el clímax debajo de él.

—Duerme un rato —susurró él abrazándola.

Ella lo miró con desconcierto.

—¿No quieres...?

—Era solo para ti, *cara*.

Él dominó su palpitante anhelo y la miró mientras parpadeaba. Había mucho tiempo para hacer el amor plenamente y sentir el placer de la satisfacción mutua. Fuera cual fuese el resultado de la prueba de ADN, no había motivos para que Beth no pudiera quedarse en el castillo. Aunque no para siempre, naturalmente. Él no se ataba para siempre.

Frunció el ceño y se preguntó por qué le fastidiaba pensar en el final de su relación, como acabaría sucediendo. Sin embargo, tampoco podía imaginarse que el deseo que sentía por ella se esfumara en un futuro próximo. Estaba cautivado por una bruja de ojos verdes y no tenía prisa por escapar de su hechizo.

—Estoy segura de que Sophie ha engordado un poco —comentó Beth mientras acunaba al bebé antes de entregárselo a Cesario.

—Luisa tiene básculas para bebés y va a pesarla luego.

Estaban en el jardín del castillo disfrutando del sol primaveral, aunque Sophie estaba sobre un montón de almohadones y protegida por una sombrilla.

Cesario la tomó con un brazo y le cubrió con un

sombrero antes de llevarla a una de las fuentes para que viera el agua caer.

—No me extrañaría que tú también hubieses engordado un poco —siguió él cuando Beth se acercó—. No tengo ninguna queja. Tienes los pechos más redondeados. ¿Cómo esperas que pueda trabajar si eres una distracción tan sexy?

Ella se rio y se pasó el pelo por detrás de los hombros con los ojos resplandecientes y la cara tan bronceada como el resto de su delgado cuerpo. Ya no estaba anémica gracias a las pastillas con hierro y a la buena comida. Todavía no dormía mucho por la noche, pero tampoco podía reprochárselo a Sophie. El bebé dormía toda la noche y, si se agitaba, Luisa, que ocupaba el dormitorio contiguo, se encargaba de ella.

Sus noches en vela eran por otro motivo, pensó mientras notaba el conocido vuelco del corazón cuando Cesario le sonrió de esa manera que conseguía que la sangre le bullera en las venas.

—Si tenemos en cuenta todas las veces que hicimos al amor anoche, me había imaginado que querrías encerrarte en tu despacho para recuperar algo de energía.

—Estoy plenamente recuperado —replicó él con una mirada burlona y abrasadora—. Algo que pienso demostrar en cuanto Sophie vaya a echarse la siesta.

Él se rio cuando Beth se puso roja como un tomate.

—No sé qué pensara el servicio del tiempo que pasamos en la cama —dijo ella.

—Sabes que todo el servicio está encantado contigo. Hasta Teodoro sonríe cuando se dice tu nombre y lo he sorprendido varias veces dándole algo de comer a tu espantoso perro.

—Harry no es espantoso, es adorable. ¿Verdad?

Beth se inclinó para acariciar a su fiel perro, que la miró con la adoración reflejada en sus melancólicos ojos marrones.

¿Estaba loco por sentir celos de la atención que Beth le dedicaba a un chucho?, se preguntó Cesario con impaciencia. Se consoló al saber que pronto la llevaría al dormitorio principal y la tumbaría en su enorme cama. La desvestiría y ella lo desvestiría a él, le acariciaría el pecho y los muslos y le tomaría el miembro erecto con la mano.

Miró a Sophie y vio que se había dormido en sus brazos. Era preciosa, como una muñeca, y sintió que el corazón se le encogía mientras la llevaba dentro del castillo y se la entregaba a la niñera. Faltaba un día para que la clínica les dijera algo. ¿Era un disparate esperar que fuese su hija? Las circunstancias de su concepción no eran las ideales. Seguía costándole creer que, bebido, se hubiese acostado con una mujer que no recordaba, pero tenía que aceptar esa posibilidad. Si Sophie era suya, no lamentaría que hubiese nacido.

—Creo que deberíamos imitar a Sophie y echarnos una siesta —comentó mientras tomaba a Beth en brazos y se dirigía hacia las escaleras.

Ella le rodeó el cuello con los brazos y pareció plantearse la propuesta.

—Es posible, pero también podrías darme otra lección de equitación o podríamos visitar los halcones o sentarnos en la biblioteca y leer sobre la historia del castillo y de tus antepasados, bastante sanguinarios, por cierto.

Cesario reflexionó sobre las dos semanas anteriores, que, si era sincero consigo mismo, habían sido las más felices desde que perdió a su hijo. Además, se lo debía a la mujer que tenía en brazos.

–No me extraña que trabaje tan poco cuando prefiero pasar todo el tiempo contigo.

Se detuvo en el descansillo y la besó con pasión hasta que la realidad se esfumó y ella se aferró a él con el cuerpo deseoso de que la poseyera.

–Ojalá no tuvieras que marcharte hoy. Cuatro días son muchos y voy a echarte de menos.

Beth suspiró sin importarle que estuviera entregándose demasiado. No se habían apartado casi ni un minuto desde que se hicieron amantes y le espantaba pasar cuatro días y cuatro eternas noches sin Cesario.

–Me temo que el viaje a Japón es ineludible, querida. También te echaré de menos –reconoció él con voz ronca.

¿Cómo se había infiltrado en su vida sin que se diera cuenta de lo importante que era para él? No le apetecía el viaje de trabajo porque pasaría cuatro noches sin que ella se durmiera entre sus brazos y se despertaría en una cama vacía, no frente a su sonrisa.

–Es posible que pueda terminar pronto y volver a casa enseguida. Además, no tengo que marcharme todavía. ¿Qué quieres hacer durante la próxima hora?

–Me gustaría que me hicieras el amor, por favor –contestó ella en un tono inocente que no se correspondía con el brillo de sus ojos.

Cesario se rio a carcajadas, pero se detuvo bruscamente y la miró con asombro.

–El castillo no está acostumbrado al sonido de la risa. Era algo muy extraordinario cuando era pequeño y ha sido un lugar triste desde la muerte de Nicolo.

–Tampoco hubo muchas risas durante mi infancia –reconoció ella–. Nunca me imaginé que pudiera sentirme así... –Beth se apartó temerosa de que pudiera adivinar lo que sentía por él, pero no sabía ocultar las cosas–. Me haces feliz.

Cesario quiso decirle que ella también le hacía feliz, pero llevaba muy grabadas las lecciones que aprendió en su infancia. Nunca había dicho a nadie lo que sentía ni sabía expresar con palabras sus sentimientos. Sin embargo, cada vez que hacía el amor con ella le demostraba con sus caricias que lo había conquistado y que no podía imaginarse que llegara a querer que se marchara.

Le sonó el móvil cuando entraba en el dormitorio y dejaba a Beth sobre la cama. Sintió una punzada de remordimiento por su secretaria cuando fue a apagar el teléfono. Donata había pasado un par de semanas posponiendo sus citas y dando excusas, pero cuando miró la pantalla, vio que no era su secretaria y se le alteró el pulso.

–Lo siento, querida, pero tengo que contestar.

–Yo tengo que pasar por el cuarto de baño.

Beth se bajó de la cama y Cesario esperó a que hubiera cerrado la puerta del cuarto de baño para contestar.

El dormitorio estaba vacío cuando ella volvió. Beth supuso que había sido una llamada de trabajo y que habría ido a su despacho. Sin embargo, oyó voces a través de interfono del bebé. Era Cesario que hablaba en voz baja con la niñera. Salió apresuradamente al pasillo al imaginarse que Sophie estaría despierta y se encontró con Luisa que salía del cuarto del bebé.

–¿Pasa algo? ¿Estaba llorando Sophie?

–No, está profundamente dormida –le tranquilizó Luisa.

Beth, perpleja, abrió la puerta. Cesario estaba de pie junto a la cuna y miraba a Sophie con una expresión muy extraña. Tuvo un presentimiento inexplicable y entró silenciosamente en el cuarto. Él la miró, se dirigió hacia la ventana y le hizo una señal para que lo acompañara.

–La llamada era de la clínica que hizo la prueba de ADN –le dijo él sin preámbulos–. No soy el padre de Sophie.

–¡No...!

Un cúmulo se sensaciones se adueñó de Beth. Sintió asombro y cierto alivio porque Cesario no podría reclamar a Sophie, pero acto seguido sintió lástima por el bebé, cuyo futuro quedaba sentenciado por esa noticia trascendental. Sophie ya no tendría la cómoda infancia que le habría proporcionado ser la hija de un multimillonario. Más importante aún, nunca conocería la identidad de su padre. No tendría un padre que la protegiera y a quien amar. Además, con su madre muerta, Sophie quedaría muy vulnerable y completamente dependiente de ella. Miró con nerviosismo a Cesario mientras asimilaba las consecuencias de la noticia.

–Mel tuvo que haberse equivocado. A no ser que...

Una duda espantosa se abrió paso en su cabeza mientras recordaba el día en el hospital cuando Mel le contó que había visto en el periódico la foto del hombre con el que se acostó hacia unos meses.

–El periódico dice que es Cesario Piras, el multimillonario propietario del banco Piras-Cossu. Es el padre de Sophie y ella tiene derecho a una asignación enorme –aseguró su amiga.

¿Se habría inventado Mel la historia de que se había acostado con Cesario? No tendría sentido mentir cuando la prueba de ADN podía determinar la paternidad. Sin embargo, quizá Mel no pensara en la prueba de ADN. ¿Era posible que, gravemente enferma y consciente de que no viviría mucho tiempo, hubiese visto la foto de Cesario, se hubiese acordado de que él bebió mucho y hubiese supuesto que no se acordaría de nada de lo que hizo esa noche?

–¿A no ser que...? –preguntó Cesario.

Beth siguió dándole vueltas a la cabeza. ¿Habría tramado una jugada desesperada para garantizar la seguridad económica de su hija al afirmar falsamente que Cesario era el padre de su hija? Si era así, la había implicado conscientemente en una extorsión para intentar sacarle dinero.

No le extrañaba la expresión seria de él. A juzgar por su mirada granítica, creía que Mel había mentido y que ella había sido cómplice de la farsa.

–¿A no ser que...? –repitió él.

Su mirada ocultaba sus pensamientos, pero Beth supo que estaba enfadado.

–Nada –susurró ella–. Evidentemente, todo ha sido un error monumental.

No podía soportar su mirada implacable cuando unos minutos antes la había mirado como si la quisiera un poco. Tragó saliva. Era una necedad. Naturalmente, no la quería, había disfrutado acostándose con ella. Sin embargo, ya no había ningún motivo para que se quedara en el castillo. Su aventura había terminado, se llevaría a Sophie a Londres y Cesario no tardaría en olvidarse de que existían.

–No creo que Mel mintiera –afirmó ella tajantemente–. Era mi mejor amiga y siempre éramos sinceras la una con la otra. No puedo entender por qué estaba tan segura de que eras el padre de su hija.

–A mí siempre me costó creerme que hubiera pasado la noche con una mujer y no me acordara de ella. Ahora sé que no me acosté con Melanie Stewart. El resultado es irrebatible. Según ellos existe un cero por ciento de posibilidades de que Sophie sea hija mía, es decir, una certeza del cien por cien de que no lo es.

Las palabras le pesaron como plomo en el pecho. No tenía una hija. La niña angelical que dormía en la cuna ajena a todo lo que pasaba a su alrededor no era suya. Se acercó a la cuna y miró a Sophie. Beth tenía razón, había engordado durante las dos semanas pasadas. Estaba tumbada, con los brazos extendidos y sujetando con la manita la cinta de seda que llevaba su osito de peluche favorito. Sus mejillas rosadas eran como pétalos y el pelo moreno todavía le recordaba a Nicolo, aunque sabía que cualquier parecido con su hijo era fruto de la imaginación. No se había imaginado que se sentiría tan desolado al saber que no era suya. La deliciosa Sophie, con sus ojos redondos y su sonrisa desdentada, era adorable. Solo una persona con el corazón de piedra no la querría y él había descubierto hacía poco que tenía un corazón muy blando. Esa niña diminuta era muy vulnerable y nunca conocería a su padre ni a su madre. Tenía a Beth, claro, y sabía que Beth la amaba, pero Beth vivía en un bloque de viviendas donde los delitos y el tráfico de drogas era lo más normal del mundo.

No podía permitir que volvieran allí. Sophie le había conquistado el corazón y le había ayudado a aliviar el dolor por la pérdida de su hijo. Quería protegerla... y a Beth también. Detestaba la idea de que tuviera que matarse a trabajar para sacar adelante a la hija de su amiga.

Le daría dinero para Sophie y compraría una casa en Inglaterra para que pudiera cuidar a su bebé en un entorno seguro y agradable. Aunque, sabiendo lo orgullosa y testaruda que era, sabía que le costaría Dios y ayuda convencerla para que aceptara su ayuda económica.

Sin embargo, tampoco tenía por qué hacer nada más que ofrecerle su apoyo. Él no era responsable de la niña y su tutora. Entonces, ¿por qué no podía soportar la idea de que Sophie y Beth se marcharan del castillo? ¿Por qué tenía la sensación de que le habían arrancado el corazón del pecho y de que la felicidad de las últimas semanas se desvanecía?

Capítulo 10

UNA hora más tarde, Cesario se encontró a Beth en el dormitorio principal, el que habían compartido desde que se hicieron amantes. No lo miró cuando entró y siguió doblando su ropa para meterla en la maleta.

–¿Qué haces?

–El equipaje, naturalmente –contestó ella como si fuese algo lógico–. Me temo que voy a tener que llevarme algunas de las cosas que me regalaste porque ya no tengo mi ropa. Sin embargo, te la pagaré en cuanto encuentre un trabajo en Inglaterra.

–No seas ridícula, no quiero que me la pagues –Cesario frunció el ceño mientras asimilaba el significado de las palabras de ella–. Además, no te vas a ninguna parte.

Ella siguió sin mirarlo y él, impaciente, le dio la vuelta y le levantó la barbilla para que lo mirara. El brillo de sus lágrimas le atenazó las entrañas.

–Estás dolida.

–Claro que me duele que Sophie no tenga un padre –contestó ella tragando saliva–. Habrías sido un padre maravilloso para ella, pero tendrá que criarse sin padre, como yo.

La expresión enigmática de Cesario no permitía saber lo que estaba pensando, pero Beth supuso lo que ocultaba su mirada gris y fría y no pudo soportar la idea de que estuviera juzgándola.

–Sé lo que estás pensando –siguió en tono desesperado–. Crees que vine a Cerdeña con Sophie para intentar sacarte dinero, pero juro que solo vine porque creí a Mel y pensé que Sophie se merecía la oportunidad de conocer a su padre, si era tuya.

–Lo sé.

La escueta réplica de él la dejó pasmada y lo miró fijamente.

–¿No crees que intenté timarte porque eres rico?

–No. Ya dije una vez que me pareces incapaz de mentir, *cara*.

–Pero,,, en el cuarto de Sophie parecías enfadado.

–Estoy desilusionado porque Sophie no es mi hija –reconoció él con cierta brusquedad–. No se me da bien mostrar mis sentimientos, nunca me animaron a hacerlo. Creo que entiendo el motivo del malentendido. ¿Te enseñó Mel la foto del periódico donde dijo reconocerme?

–No. Cuando la visité en el hospital, Mel estaba muy emocionada porque había descubierto quién era el padre de Sophie, pero el servicio de limpieza se había llevado el periódico y nunca la vi, pero sí creí que Mel había visto la foto –insistió ella.

–Yo también. Por eso pedí al departamento de relaciones públicas del banco que buscara en los archivos todos los artículos que la prensa inglesa había publicado sobre mí durante las primeras semanas de noviembre del año pasado. Sophie nació a finales de octubre y, según tú, su madre murió dos semanas después. En algún momento de esas dos semanas fue cuando Mel vio la foto del hombre con el que se había acostado –Cesario le entregó una hoja de papel–. Desde relaciones públicas me enviaron esto por fax. Solo hubo un artículo sobre Piras-Cossu en la prensa inglesa durante ese plazo y estoy seguro de que fue el que vio Mel.

Beth miró fijamente la hoja de periódico fotocopiada y vio la foto de un grupo de hombre vestidos con traje.

–El del centro eres tú –Beth frunció el ceño–, pero si no te acostaste con ella, ¿por qué te reconoció?

–Creo que no me reconoció, sino que reconoció a otro hombre. Mira los nombres del pie de foto. Están en un orden equivocado. El nombre debajo de mi imagen es Richard Owen, el director financiero del banco en Reino Unido y que está a mi izquierda.

–Y el nombre de Cesario Piras está debajo del hombre que tienes a la derecha –añadió Beth lentamente.

Beth contuvo la respiración mientras miraba con detenimiento la foto del joven y atractivo hombre que estaba al lado de Cesario.

–Cualquiera que viese la foto supondría que ese hombre es Cesario Piras. ¿Asistió a la fiesta en Londres de hace un año? ¿Pudo ser el hombre con el que pasó la noche Mel? –preguntó Beth.

–Sí, estuvo en la fiesta.

–Entonces, tiene que ser el padre de Sophie. Mel no sabía su nombre, pero creyó que había descubierto su identidad porque no sabía que el periódico se había equivocado. Es increíble que un error periodístico haya creado tanta confusión –Beth se dejó caer en la cama al asimilar las repercusiones–. Lo siento. Debería haber hecho más comprobaciones antes de venir aquí con Sophie y acusarte...

No podía mirar a Cesario. Tenía todo el derecho del mundo para estar furioso con ella. Había sido una necia, pero no había tenido ningún motivo para no

creer a Mel. Además, Mel no la había engañado intencionadamente, se había equivocado por culpa del periódico. Se puso tensa cuando Cesario también se sentó
en la cama.

–No se te puedes reprochar nada –le tranquilizó
él–. Llorabas la muerte de tu mejor amiga e intentabas
apañarte con una recién nacida. Mel te pidió que en-
contraras al padre de su hija y tú quisiste cumplir su
última voluntad.

–Entonces, ¿quién es el hombre que creemos que
es el padre de Sophie? –preguntó ella mirando otra
vez la foto.

–Luigi Santori. Era un ejecutivo joven que habían
trasladado a la sucursal de Londres –contestó Cesario
con una mueca de disgusto–. Tenía fama de mujeriego
y no me extrañaría que se hubiera acostado con Mel.

Hubo algo en el tono de Cesario que hizo que lo
mirara con perplejidad.

–¿Por qué hablas de él en pasado? ¿Dónde está ahora?

–Murió hacer tres meses en un accidente de moto.

–No... –Beth sintió un escalofrío por todo el cuerpo–.
Entonces, Sophie es huérfana –por un instante, Beth se
sintió abrumada por la responsabilidad de ser la única
persona que tenía Sophie–. Pobrecilla... Yo, al menos,
tuve madre hasta los doce años. Sophie no conocerá
nunca a ninguno de sus padres y soy la única persona
que puede ocuparse de ella.

–Eso no es verdad.

Cesario se levantó y fue hasta la ventana con las
manos en los bolsillos y los hombros rígidos por la tensión.

–Sophie y tú podríais quedaros aquí y yo podría...

Para desesperación de Beth, no terminó la frase.
Ella miró fijamente su espalda esperando que se diera

la vuelta y que su rostro le indicara lo que había querido decir.

–¿Qué podrías hacer? –preguntó ella cuando el silencio le puso demasiado nerviosa–. No entiendo. Sophie no es tu hija. Volveré a Inglaterra con ella y saldremos adelante.

–¿Qué vida puedes ofrecerle si tienes que matarte a trabajar mientras intentas criar sola a una niña? –preguntó Cesario antes de darse la vuelta–. Yo quiero a Sophie.

No sabía expresar sus sentimientos, pero cuando Beth dijo que pensaba volver a Inglaterra, tuvo la certeza absoluta de que no quería perderla, como no quería perder a la niña que había llenado el hueco que la pérdida de su hijo le había dejado en el corazón.

–Yo podría pagar...

–¡No! –le interrumpió Beth.

–Que Beth diera clases de ballet, tuviera vacaciones y todas las cosas que quisiste de niña y no podrás ofrecerle por tus medios –siguió él sin hacer caso de la interrupción–. ¿Tu orgullo es más importante que el bienestar de Sophie?

–No, pero... –Beth sacudió la cabeza como si quisiera ordenar las ideas–. No tienes por qué mantenernos a Sophie y a mí. No somos nada para ti.

–Sabes que eso no es verdad. He llegado a amar a Sophie.

Cesario se sentía como si fuese ciego, como si quisiera seguir un camino por donde no había pasado nunca. Le costaba expresar sus sentimientos, pero, al menos, hablar de Sophie le resultaba más fácil que hacer frente a lo que sentía por Beth. No sabía lo que sentía, solo sabía que con ella había encontrado algo que no había vivido con ninguna mujer... y que no estaba dispuesto a que esa relación terminase.

–Lo que propongo es ser tutor conjunto de Sophie y que las dos viváis en el castillo. Soy un padre sin hijo y Sophie es una hija sin padre. Quiero formar parte de su vida.

Beth lo miró fijamente e impresionada por la intensa emoción que se había reflejado en su voz.

–¿Y yo? No puedes querer que me quede, pero nunca abandonaré a Sophie. Pienso ser una madre para ella, como le prometí a Mel.

–¿Por qué no ibas a quedarte?

Cesario volvió a acercarse a la cama, donde estaba sentada Beth. Ya no parecía tenso, pero se dio cuenta de que la actitud despreocupada disimulaba su fuerza imponente y una decisión inquebrantable que le dio más miedo que el brillo de sus ojos grises. Se levantó de un salto con el corazón desbocado y sintió la necesidad de salir corriendo del cuarto, de alejarse de él, pero él la rodeó de la cintura con un brazo antes de que pudiera dar un paso.

–¿Por qué no ibas a quedarte? –repitió él mirándola a los ojos como si pudiera verle el alma–. La pasión entre nosotros es algo que no había conocido jamás. Los dos sentimos una atracción abrumadora la noche que llegaste al castillo y aunque nos resistimos, ya no podemos negar el deseo que sentimos el uno por el otro –le apartó el pelo de la cara–. Durante estas semanas, nos hemos convertido en amigos además de amantes, ¿verdad, *cara*? –murmuró él–. Los dos amamos a Sophie. Déjame que os ayude a las dos y que pueda ofrecerle la infancia feliz que nos negaron a nosotros.

Beth le daba vueltas a cientos de preguntas. ¿Hasta cuándo quería que se quedaran en el Castello del Falco?

¿Realmente estaba ofreciendo un hogar en Cerdeña para Sophie? ¿Cuál sería su verdadero papel en la vida de Sophie? ¿Sería un padre, un tío benévolo...? Se mordió el labio. ¿Qué papel esperaba que tuviera ella en su vida? Eran amantes, pero ¿qué pasaría en el futuro, cuando se cansara de ella como haría con toda certeza?

Sabía que él estaba esperando una respuesta, pero no podía pensar con claridad cuando estaba tan pegada a su musculoso cuerpo que podía notar su erección entre los muslos.

–No sé qué hacer –susurró ella.

Cesario le tomó la cara entre las manos. Era muy hermosa. Tenía sus rasgos grabados en la cabeza y podía verlos aunque cerrara los ojos. Sintió un arrebato de cariño tal que dudó de que el motivo para querer que Beth se quedara fuera que tenían unas relaciones sexuales increíbles.

–Haz lo que te dicte el corazón.

Lo dijo él, quien siempre había seguido el dictado de la cabeza y nunca había hecho caso al corazón. La besó lenta y delicadamente y ella separó los labios. Cesario dejó escapar un gruñido, la estrechó contra sí, le tomó la cabeza por la nuca y, con suavidad, la echó hacia atrás para poder devorarle los labios con una pasión abrasadora. Sabía que su corazón estaba diciéndole algo, pero tenía miedo de escucharlo. Se dijo que solo sentía deseo por ella, que lo había atrapado una voracidad sexual que no iba a disiparse pronto.

Le bajó los tirantes de la camiseta hasta que tuvo los pechos en sus manos. Los acarició con una ternura casi reverencial, la levantó para poder tomar con sus labios los endurecidos pezones y los succionó hasta que ella gimió su nombre.

Beth dejó de resistirse al deseo de que Cesario hiciera el amor con ella. Eso era lo que quería. Quería estar en sus brazos, que sus manos los desvistiera a los dos con ansia. La tumbó en la cama y ella le rodeó el cuello con los brazos para atraerlo sobre sí y sentir su piel desnuda, la aspereza de los pelos del pecho sobre la suavidad de sus pechos.

Él introdujo una mano entre sus muslos y la encontró húmeda, deseosa de recibirlo. La leve sonrisa de ella hizo añicos la intención de amarla lenta y apaciblemente. La besó con voracidad mientras introducía toda la turgencia de su miembro en la receptiva calidez de su feminidad. La tomó con avidez, pero también con tanto respeto y cariño que Beth notó el escozor de las lágrimas mientras alcanzaba el punto mágico y su cuerpo se estremecía entre los espasmos de un clímax deslumbrante. Cesario estalló casi simultáneamente sin poder dominar el placer devastador que siempre sentía con ella.

Después, se quedaron tumbados y entrelazados mientras recuperaban poco a poco la respiración. Él se apoyó en un codo y sonrió al ver que ella tenía las mejillas congestionadas y la boca un poco hinchada.

–Entonces, te quedas.

Fue una afirmación más que una pregunta, como si nunca lo hubiese dudado. Sin embargo, cuando Beth lo miró levantarse e ir al cuarto de baño contiguo, un mar de dudas se adueñó de ella. No habían hablado de los detalles de que Sophie y ella vivieran en el castillo, pero cuanto más lo pensaba, más inconvenientes veía.

–Tendré que encontrar un trabajo –comentó e Beth cuando él volvió al cabo de cinco minutos secándose el pelo con una toalla–. Te agradezco la oferta de ayudar económicamente a Sophie, pero yo soy responsable de mí misma y no puedo aceptar que me mantengas mientras... –ella vaciló–. Bueno, mientras me quede aquí...

La idea de vivir de Cesario sin hacer nada era insoportable para su orgullo. Se había criado en un centro de acogida, había detestado la idea de depender de la beneficencia y había trabajado para mantenerse desde que salió del colegio. Tendría que dar un curso acelerado de italiano y luego quizá pudiese encontrar un empleo en Oliena, aunque ¿quién se ocuparía de Sophie mientras ella estaba fuera?

Cesario se puso los pantalones y sacó una camisa limpia del armario antes de acercarse a la cama.

–Comentaremos los detalles cuando vuelva –murmuró mientras se inclinaba y la besaba levemente en los labios.

Quizá se le aclararan las ideas si pasaba unos días lejos de ella y así pudiera decidir lo que quería de verdad. Sabía que había sorprendido a Beth al pedirle que se quedara con él. En realidad, también se había sorprendido a sí mismo. Era normal que ella le preguntara si tenía pensado algún plazo, pero, asombrosamente, cuanto más lo pensaba, más quería que fuese para siempre.

El sonido del helicóptero que aterrizaba en el patio fue casi un alivio. Le esperaban cuatro días de tensas negociaciones y tenía que concentrarse, no podía pensar en la chica con unos ojos verdes y una sonrisa que lo derretían por dentro. La besó sin prisa en la boca y se preguntó si no podría enviar a Japón a uno de sus ejecutivos más experimentados.

–Cuatro días pasan enseguida.

No le dijo que le parecían una eternidad. Tomó la chaqueta y cruzó la habitación, pero vaciló al llegar a la puerta y se dio la vuelta.

–Date prisa en volver –le pidió ella en un susurro.

–Lo haré, tesoro.

Súbitamente, todo cobró sentido para Cesario. La miró fijamente con el pulso alterado, pero sonó su móvil y supo que era el piloto del helicóptero para recordarle que tenían que despegar inmediatamente si querían llegar al aeropuerto a tiempo para tomar el vuelo a Japón. No era el momento de hablar con Beth sobre planes para toda la vida.

–No lo dije antes, pero tú también me haces feliz –dijo él con la voz ronca y mirándola a los ojos–. Hasta pronto, *mia bella.*

El castillo parecía vacío sin Cesario, como Beth. No dejaba de recordarse que no le habría dicho que le hacía feliz si no fuese verdad, pero por la noche, durante las interminables horas en vela, las dudas la asediaban sin contemplaciones. No dudaba que quisiese a Sophie y, a juzgar por cómo la miró antes de marcharse a Japón, quizá también la quisiese un poco a ella, pero ¿podía vivir como su amante y sabiendo que un día no muy lejano se cansaría de ella?

Llamó una vez por teléfono y le pareció distraído. Según él, había pasado todo el día en una sala de reuniones y estaba relajándose en el hotel. La voz femenina que oyó seguramente era la de su secretaria personal, pero la odiosa vocecilla que tenía en la cabeza le recordó que Cesario no le había prometido nada y que no podía preguntarle con quién estaba relajándose. La noche que fueron al ballet, Allegra Ricci le dijo que Cesario nunca conservaba mucho tiempo a sus amantes. ¿Cuánto tiempo? ¿El deseo por ella se esfumaría al cabo de semanas o meses? Le volvieron las inseguridades de antaño. Era la niña del centro de acogida que siempre había estado vigilada por padres adoptivos. Nadie la quiso entonces y, cuando el interés sexual de Cesario desapareciese, se convertiría en una carga que él sobrellevaría solo por un equivocado concepto del deber hacia Sophie.

Cesario notó que se le encogía el estómago mientras el coche entraba en el patio del castillo. Nunca había tenido esos nervios y la experiencia no le gustaba. Estaba derrengado, pero no era nada raro cuando había trabajado dieciocho horas al día para resolver el acuerdo con los japoneses lo antes posible. Se pasó la mano por la barba incipiente e hizo una mueca de disgusto. Necesitaba una ducha, una bebida y a Beth, pero por el orden inverso, rectificó al sentir una punzada de deseo en las entrañas.

Se preguntó si lo habría echado de menos tanto como él a ella. El coche se detuvo y tomó una bocanada de aire cuando el conductor abrió la puerta. Se acordó de la expresión franca de Beth cuando le pidió que volviera pronto y se metió la mano en el bolsillo para agarrar un pequeño estuche cuadrado.

Estaba realmente nervioso, pero nunca había abierto su corazón y lo que estaba a punto de hacer era aterrador. Se despidió con la cabeza del conductor y subió los escalones de dos en dos. Le decepcionó que fuese Teodoro quien lo recibiera en el vestíbulo, no Beth, pero estaba tan exultante que casi besó al anciano mayordomo, quien había sido más un padre para él que su propio padre. Tardó unos segundos en darse cuenta de que estaba pasando algo. El rostro de Teodoro, siempre impasible, estaba claramente alterado.

–¿Qué pasa? –preguntó mientras el mayordomo le entregaba un sobre–. ¿Dónde está Beth?

–Se marchó ayer del castillo con la niña.

Cesario miró su nombre escrito con la impecable caligrafía de Beth. Los nervios dejaron paso a una sensación de vacío. Por un instante, se sintió como cuando tenía siete años y corrió al castillo para ver a su madre. Entonces, Teodoro también le entregó un sobre con una breve nota que le decía que estaba triste por tener que marcharse, pero que le prometía que siempre pensaría en él. Él no supo si había mantenido la promesa porque no volvió a verla.

Volvió al presente. Había una serie de motivos para que se hubiese marchado, pero abrió el sobre con manos temblorosas y leyó la carta.

La agencia con la que trabajaba me llamó por teléfono para ofrecerme un trabajo de niñera con una familia en el sur de Inglaterra. Parece perfecto porque están conformes con que me ocupe de Sophie mientras cuido a sus dos hijos. En el empleo se incluye el alojamiento. Será un sitio maravilloso para criar a Sophie y me permitirá ser independiente. No eres responsable de nosotras y no podría vivir indefinidamente como tu amante.

Treinta años después de haber leído la carta de su madre, volvió a sentir un abandono demoledor, pero esa vez no podía echarse a llorar y aferrarse a Teodoro. Los hombres no lloraban y los Piras no expresaban sus sentimientos.

Estrujó la carta en un puño, evitó la mirada de compasión de Teodoro, fue a su despacho y sacó una botella de whisky del mueble bar. Evidentemente, se había equivocado al creer que Beth sentía algo por él, al esperar que lo amara. Era una suerte que no hubiera expresado sus sentimientos, que no hubiera hecho el ridículo al decirle... Se rio con amargura y miró el estuche cuadrado que había dejado en la mesilla. Había elegido unas esmeraldas para que entonaran con sus ojos y unos diamantes porque, como ella, eran puros, resplandecientes y preciosos.

Se dejó caer en el sofá y apoyó la cabeza en el respaldo. Le dolía la garganta. ¿Habría contraído un virus? Notó que le escocían los ojos y los cerró con fuerza y con vergüenza porque los tenía húmedos. ¿Le pasaría algo que impedía que lo amaran y que hacía que la gente que él quería lo abandonara? Su madre, su esposa... No amó a Raffaella cuando estuvieron casados, fue un matrimonio de conveniencia, pero se unieron después de que naciera su hijo y le dolió descubrir que ella tenía una aventura, aunque nunca lo demostró.

Vació el vaso y notó que el alcohol se mezclaba con su sangre helada. Raffaella y Nicolo estaban muertos y Beth lo había abandonado dejándolo solo otra vez.

Notó algo que le rozaba las piernas, abrió los ojos y vio al chucho de Beth a sus pies. No estaba completamente solo. Acarició a Harry y el perro dejó escapar un aullido lastimero.

–Al menos, tú sabes que te quería.

Cada vez que Beth decía que quería a Harry, él sentía una punzada de celos y se imaginaba que le decía lo mismo. Sin embargo, ¿por qué iba a haberlo hecho si él nunca le dio un indicio de lo que sentía hacia ella? Se sirvió otro whisky, pero se limitó a darle vueltas en el vaso.

No podía extrañarle que la desdichada infancia de Beth la hubiera hecho recelosa y desconfiada. Su padre la abandonó y las muertes de su madre y su mejor amiga la destrozaron. Todas las personas que amó la habían dejado. Aun así, se había entregado a él con una confianza absoluta y le había dicho que quería que fuese el primer hombre en hacer el amor con ella. No podía creerse que eso no significara nada para ella. Ella lo había elegido para entregarle su virginidad y cada vez que habían hecho el amor durante esas semanas también se había entregado con mucha dulzura... y amor, como si quisiera mostrarle con su cuerpo lo que no se atrevía a decirle con palabras.

Entonces, ¿por qué se había marchado? Se pasó una mano por el pelo. No tenía sentido. Tenía que estar equivocado. Quizá se hubiese imaginado la dulzura de su mirada porque era lo que quería ver. Una vez le dijo que le hacía feliz. No lo habría dicho si no fuese verdad. Era sincera hasta la exasperación y esa era una de sus virtudes que más la gustaban, esa y su deliciosa sonrisa y sus preciosos ojos verdes y cómo le acariciaba el pelo cuando estaban aletargados después de hacer al amor...

¡Amor! Cesario dejó escapar una risotada gélida. Era un sentimiento que se le había negado durante su infancia y que no había conocido durante casi toda su vida de adulto. Había amado a Nicolo, pero su muerte estuvo a punto de destrozarlo y juró no volver a amar a nadie porque sabía el dolor que podía acarrear. En ese momento, tenía un dolor espantoso en el pecho, una atroz sensación de pérdida, pero había algo que le martilleaba en la cabeza. Una vez hizo feliz a Beth y no iba a dejar que desapareciera sin intentar descubrir lo que había pasado. La decisión ocupó el lugar de la desesperación, se levantó de un salto, fue a la puerta y llamó a Teodoro.

—Tengo que volar a Inglaterra esta noche. Búscame un billete y encárgate de que el helicóptero me lleve al aeropuerto.

La carretera que serpenteaba por la ladera de la montaña estaba teñida de dorado por la luz del crepúsculo y las cimas de las montañas tenían un intenso color naranja. El taxi dobló un recodo y apareció el Castello del Falco con las verjas abiertas de par en par como si le dieran la bienvenida. El taxi entró en el patio y el conductor bajó sus bolsas mientras ella bajaba a Sophie en su sillita. Era el mismo taxista que la había llevado a Oliena el día anterior y no pudo disimular su curiosidad.

—¿Se quedará mucho tiempo? —le preguntó en un inglés muy elemental.

—Eso espero —contestó ella con una sonrisa vacilante.

No le aclaró que, si el dueño del castillo se negaba a verla, volvería a necesitar sus servicios. Era muy posible que Cesario no quisiera escucharla, pero tenía que intentarlo.

El día anterior, mientras esperaba el vuelo en el aeropuerto, se dio cuenta por fin de por qué lo había dejado. Había tenido miedo de quedarse. Ese empleo le había dado una buena excusa para volver a Inglaterra con Sophie, pero el verdadero motivo era que le daba miedo aceptar la relación que le había ofrecido Cesario y la incertidumbre que implicaba ser su amante. Se había sentido decepcionada, como una niña mimada, porque no le había ofrecido lo que había esperado en el fondo de su corazón. No le había declarado su amor eterno, como el príncipe de un cuento de hadas, ni la había llevado en brazos a una iglesia para ponerle un anillo en el dedo. Sin embargo, era un hombre, no un personaje imaginario. Un hombre que había sufrido y al que habían enseñado a ocultar sus sentimientos.

Aun así, a pesar de su pasado y de lo complicado que le resultaba expresar sus sentimientos, como había reconocido él mismo, también había reconocido que ella lo había hecho feliz. Había dicho que quería una relación con ella, pero como no se lo había dicho con flores y corazones, ella había antepuesto su orgullo al amor que sentía por él y se había marchado enfurruñada a lamerse las heridas. Tampoco ella le había dicho lo que sentía. Era posible que él no quisiese oír lo que sentía y que le dijera que no quería una amante enamorada de él, pero era un riesgo que tenía que correr porque no le avergonzaba amarlo y ya no estaba dispuesta a seguir ocultando sus sentimientos.

Teodoro no pudo disimular su sorpresa cuando abrió la puerta y vio a Beth.

—El señor está en los establos —le dijo él mientras ella le entregaba la sillita donde estaba Sophie profundamente dormida—. Debería darse prisa para encontrarlo. Se marcha a Inglaterra esta tarde.

Beth bajó corriendo los escalones. Ya conocía el camino a los establos, pero cuando llegó, Cesario no estaba allí. Siguió el camino hacia la montaña con el corazón en un puño, pero se paró en seco cuando vio una figura. Era una silueta recortada contra el ocaso, era él montado en su enorme caballo negro. Sin embargo, empezó a ver sus facciones a medida que se acercaba. Tenía el rostro tan duro como si estuviera esculpido en granito y el pelo largo y oscuro le tapaba a medias la cicatriz. A juzgar por el orgullo que transmitían sus hombros y el arrogante ángulo de la cabeza, podría haber sido un rey de otra época, poderoso, inescrutable y tan imponente como las montañas que tenía detrás. Se detuvo a cierta distancia, pero ella pudo captar la tensión que lo dominaba.

–Has vuelto.

Lo dijo como si le hubiesen arrancado las palabras del alma. La miró en silencio durante un momento antes de desmontar y acercarse a ella.

Beth lo observó. Era el señor del Castello del Falco, el único hombre al que amaría. Había planeado mantener la calma y comentar su relación con sensatez, pero, a medida que él se acercaba y pudo ver la expresión desolada de sus ojos, se olvidó de la compostura, dejó escapar un grito de dolor y corrió a sus brazos.

–Si vuelves a abandonarme...

Cesario no pudo acabar la frase, la estrechó contra su enorme pecho y le pasó los dedos entre el pelo. Los ojos le resplandecían con una expresión que ella no se atrevió a definir. ¿Cómo había podido llegar a pensar que era frío? Sin embargo, dejó de pensar en cuanto la besó posesivamente y con una pasión incontenible, aunque con un cariño tal que se puso a llorar.

–Tesoro... –susurró él mientras le secaba las lágrimas de las mejillas–. ¿Por qué te marchaste? Esta noche iba a volar a Inglaterra para buscarte.

Sus palabras la devolvieron a la realidad y se apartó de él. Tenía que ser sincera.

–Fui al aeropuerto antes de darme cuenta de que no podía escaparme –reconoció ella con voz temblorosa.

–¿Por qué sentiste la necesidad de escaparte de mí?

—le preguntó él en un tono apremiante–. Me dijiste que te había hecho feliz y los dos sabemos que no puedes mentir. ¿De verdad te interesa el trabajo de niñera o hay algún otro motivo para que quieras volver? ¿Hay algún hombre en Inglaterra...? preguntó dejando traslucir los celos que le abrasaban las entrañas–. Si es así, ¿por qué me elegiste para ser tu primer amante?

A Beth se le encogió el corazón por el tono profundamente emocionado de su voz. Miró su rostro adorado y cicatrizado y no pudo negarse lo que sentía, como tampoco pudo negárselo a él.

—No hay nadie más ni lo habrá nunca porque te amo con todo mi corazón. Me siento especial por primera vez en mi vida. Siempre fui una niña de un centro de acogida, sin importancia ni amor, pero desde que llegué aquí, me has tratado con amabilidad, respeto y confianza. Has hecho que me sintiera hermosa y... orgullosa de ser quien soy. Te amaré siempre por eso y por muchas otras cosas –añadió con la voz entrecortada.

Cesario la besó y la abrazó con tanta fuerza que pudo sentir los estruendosos latidos de su corazón al ritmo de los de ella. La besó y ella le correspondió con tanta dulzura que Cesario no pudo saber si las lágrimas que le llegaron a los labios eran de ella o de él.

—Te amo, Beth. Te amo con mi alma, mi corazón y todo mi ser.

Se sentía como si un dique hubiese contenido sus sentimientos durante todos esos años, pero el dique había abierto las compuertas y permitía que el poder curativo del amor por la mujer que tenía entre los brazos se llevara todo el dolor que lo había afligido.

—¿De verdad me amas? –susurró ella.

La expresión entre maravillada y temerosa de ella hizo que se le encogiera el corazón. Sabía lo que era

criarse sin amor y se juró que todos los días le diría a
Beth lo importante que era para él.

–¿Te quedarás conmigo, *carissimma*? –se detuvo
un instante y entonces, para pasmo de ella, clavó una
rodilla en el suelo–. ¿Te casarías conmigo, Beth Granger? Te amo, tú me amas y los dos amamos a una niña
que nos necesita como padres.

Se llevó una mano al bolsillo de la camisa, donde
estaba el pequeño estuche cuadrado que había llevado
junto al corazón, y vio cómo se quedaba boquiabierta
cuando sacó la esmeralda con forma de lágrima ro-
deada de diamantes que resplandecieron con los rayos
dorados del atardecer.

–Con este anillo prometo amarte y respetarte para
siempre –declaró él mientras le ponía el anillo de com-
promiso en el dedo–. Repetiré el juramento en la iglesia el día que nos casemos –la miró a los ojos con un
amor indisimulable–. ¿Te casarás conmigo, Beth?

El ligero tono de inseguridad formó un nudo en la
garganta de Beth. Detrás de ese hombre fuerte y poderoso, vislumbró al niño vulnerable al que habían enseñado que el amor era una debilidad. Sabía cuánto le
costaba expresar sus sentimientos, pero ella se ocuparía de que supiera todos los días que lo amaba.

–Sí –contestó ella.

No hizo falta decir nada más porque Cesario la tomó
en brazos, la llevó hasta el castillo y se detuvo en los
escalones para besar a su futura esposa ante la inmensa
satisfacción de Teodoro, quien corrió a comunicar al
resto del servicio que se preparara para una boda.

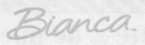

Bianca

Él podía darle todo lo que siempre había deseado...

Scarlet King era una novia radiante, pero la vida iba a darle un duro golpe... Poco menos de un año después, estaba sola, y deseaba tener un bebé desesperadamente, aunque tampoco necesitaba tener a un hombre a su lado para ello.

John Mitchell, el soltero de oro del vecindario, aprovecharía la oportunidad para llevarse a la mujer que siempre había deseado. Pero su proposición tenía un precio muy alto... Para conseguir ese bebé, tendría que hacerlo a su manera, a la vieja usanza.

John le recordó todos esos placeres que se había perdido durante tanto tiempo. Le enseñó un mundo hasta entonces desconocido para ella.

El precio de un deseo

Miranda Lee

Acepte 2 de nuestras mejores novelas de amor GRATIS

¡Y reciba un regalo sorpresa!

Oferta especial de tiempo limitado

Rellene el cupón y envíelo a
Harlequin Reader Service®
3010 Walden Ave.
P.O. Box 1867
Buffalo, N.Y. 14240-1867

¡Sí! Por favor, envíenme 2 novelas de amor de Harlequin (1 Bianca® y 1 Deseo®) gratis, más el regalo sorpresa. Luego remítanme 4 novelas nuevas todos los meses, las cuales recibiré mucho antes de que aparezcan en librerías, y factúrenme al bajo precio de $3,24 cada una, más $0,25 por envío e impuesto de ventas, si corresponde*. Este es el precio total, y es un ahorro de casi el 20% sobre el precio de portada. !Una oferta excelente! Entiendo que el hecho de aceptar estos libros y el regalo no me obliga en forma alguna a la compra de libros adicionales. Y también que puedo devolver cualquier envío y cancelar en cualquier momento. Aún si decido no comprar ningún otro libro de Harlequin, los 2 libros gratis y el regalo sorpresa son míos para siempre.

416 LBN DU7N

Nombre y apellido	(Por favor, letra de molde)

Dirección	Apartamento No.

Ciudad	Estado	Zona postal

Esta oferta se limita a un pedido por hogar y no está disponible para los subscriptores actuales de Deseo® y Bianca®.
*Los términos y precios quedan sujetos a cambios sin aviso previo.
Impuestos de ventas aplican en N.Y.

SPN-03 ©2003 Harlequin Enterprises Limited

Recuerdos ocultos

ANDREA LAURENCE

Decían que era Cynthia Dempsey, prometida del magnate de la prensa Will Taylor. Pero, por más que lo intentaba, no conseguía recordar su vida en la alta sociedad ni al hombre que la visitaba en el hospital. Sin embargo, su cuerpo sí lo recordaba. Aunque percibía que estaban distanciados, cuando se tocaban sentía una innegable atracción.

A Will le costaba creer en la transformación de Cynthia. La reina de hielo que lo había traicionado había dado paso a una mujer que parecía cálida y auténtica. ¿Podría volver a arriesgar su corazón sin saber qué ocurriría cuando ella recuperase la memoria?

¿Por qué no recordaba nada?

¡YA EN TU PUNTO DE VENTA!

Bianca.

Aquella mujer le haría recordar un pasado que había jurado olvidar...

Mientras se acercaba al magnífico castillo Di Sirena, la tímida Josie temblaba de anticipación... aquel castillo a las afueras de Florencia era el sueño de cualquier arqueólogo y no podía creer que le hubieran permitido no solo trabajar, sino alojarse allí.

Recelosa del famoso propietario, el conde Dario di Sirena, esperaba que estuviese demasiado ocupado yendo de fiesta en fiesta como para fijarse en ella. Intrigado, Dario esperaba la llegada de Josie con cierta curiosidad. Su inocencia era algo nuevo para un cínico como él y despertar a la mujer apasionada que había debajo de aquella ropa ancha e informe sería un reto delicioso.

HARLEQUIN *Bianca.*

Christina Hollis
Un reto para el conde

Un reto para el conde

Christina Hollis